U0095765

我想对健康的人们说一句：

你们是幸福的，

珍惜你们的生命，

我羡慕你们，

我祝福你们……

——珍真

夜　天　使 MIDNIGHT ANGLE

珍真 著

太白文艺出版社

图书在版编目（CIP）数据

午夜天使/珍真著.—西安：太白文艺出版社，
2005.7

ISBN 7 - 80680 - 314 - 9

Ⅰ. 午… Ⅱ. 珍… Ⅲ. 长篇小说—中国—当代
Ⅳ. I247.5

中国版本图书馆 CIP 数据核字(2005)第 074362 号

午 夜 天 使

珍真 著

太 白 文 艺 出 版 社 出 版

（西安北大街 131 号）

社长兼总编 陈华昌

太白文艺出版社北京图书中心发行

（北京丰台区木樨园珠江骏景家园 17 楼 010 - 87873533 邮编:100068）

新华书店经销

西安信达雅印务有限责任公司印刷

880 × 1230 毫米 32 开本 7.5 印张 6 插页 156 千字

2005 年 8 月第 1 版 2005 年 8 月第 1 次印刷

印数:1 - 5000

ISBN 7 - 80680 - 314 - 9/I · 223

定价:18.00 元

2004年12月20日下午，珍真在陕西宾馆见到了她仰慕已久的作家陈忠实。

在著名评论家肖云儒的眼里，珍真在钟楼下叫卖书稿的意义已经远远超出了个体叫卖行为的本身。

▲　　2004年12月23日下午，在三秦都市报社召开的"关爱生命"座谈会后珍真与陈忠实及太白文艺出版社社长陈华昌（中）等人合影。

珍真在家中接受中央电视台《讲述》栏目的采访。　　▼

摄影：钱龙

▲ 珍真做客西安电视台《个人客栈》。

摄影：钱龙

▼ 老诗人许放从北京来到西安，在雍村饭店约见了珍真，他说珍真有写诗的天赋。

2004年12月23日下午，"关爱生命"座谈会后，珍真 ▲
与三秦都市报副总编辑韩秀峰（右二）等人合影。

▼　2004年12月24日，珍真入住西安高新医院星级病房，白
衣天使给珍真送来鲜花，希望她能以乐观的心态直面病魔。

（照片除署名外，均为三秦都市报记者阮班慧摄。）

天使或是蜻蜓，翅翼沉重
——读《午夜天使》及其来由
陈忠实

　　去年 12 月中旬，西安已进入滴水成冰哈气凝雾的严冬季节。我冒着清晨凛冽的寒风出门，赶赴汉中参加一个文学聚会，钻进冰冷的车厢，缩肩袖手，却仍然忍不住打开刚刚拿到的当日报纸，看到一位名叫珍真的女孩子在市中心钟楼广场叫卖小说书稿的新闻，颇觉新鲜。大半生从事写作，身在文坛，不仅自己经历过发表和出版作品的曲折艰难，更多地看到未成名者乃至颇具声名的作家出版作品之难处，包括贴本儿赔钱自费出版，其含辛茹苦之创作，早已多见不鲜。然而敢于在闹市广场公开叫卖自己小说书稿的举动，外省有没有发生过我不知晓，在陕西省肯定是首例，自然引发媒体关注，西安几家报纸在同一天都以大字标题大幅照片做了报道，我也甚为惊诧，竟有以这样的方式和途径谋求小说出版的人。

　　依我的直接感受看来，作者太年轻，大约尚未接触文坛，还不了解图书出版发行的渠道和规则；我又猜断，作者可能与出版社接触过，或因不俱名气不被重视，或因书稿尚不成熟不被欣赏而遭遇困境，才出此令人惊诧的举措；再而，免不了自我炒作的嫌疑。我以自己的常识理解判断，小说稿比不得其他商品，购买者可以一目了然，可以看可以摸可以试穿试调乃至品尝，而厚厚的一部长篇小说稿很难当场读完，匆匆翻看几页或几章是难以对整体作出肯定性评价的，谁会在尚不知底的情况下就贸然出资 20 万元买下书稿？傻瓜才会。我对这个叫卖的结局几乎不寄什么希望，转眼也就不当一回事了，只是隐隐希冀能有人提示作者，把书稿抱进出版社寻找编辑阅审,这是大家至今一直都循蹈着的出书的途径。

从汉中回到西安,某日清晨又在报纸上看到关于在钟楼广场叫卖书稿的珍真的连续报道,令我深为惊讶,不仅在我,任谁也难以料知这位叫卖书稿的女作者珍真,竟然在 11 岁时被查出系统性红斑狼疮。且不说这个令人一听便毛骨悚然的疾病的名字,更令人寒心伤悲的是这个病属于世界医学尚未攻克的难题。我在这一瞬间的感觉是触目惊心。我首先感到一个年轻生命的悲剧和不幸。我在这一瞬里就把最初看到此事的报道时的几点看法全部掀开抖落了,原来如此! 原来有如此令人伤惨的隐情;原来引发叫卖书稿的非常规举动,出于生命危机引起的紧迫感,是在受病痛折磨、抗争命运的非常境况下完成的生命之歌!

因为自然的或环境的不可抗拒,因为政策的某些不完备或执行政策者的掉以轻心或不作为,因为人群里的邪恶分子的作恶作孽,因为纯粹的个人生理疾病和不幸发生,作为一个公民,我只能以自己有限的能力予以关照,尽管在多数属于怜悯的祝愿里感到苍白无助,却还不失真诚。当得知年仅 19 岁的作者珍真已经与命运抗争了 8 年的事实时,我竟坐不下来读书或写字了。11 岁,应该是读小学五六年级的年龄,珍真因患红斑狼疮,勉强上到初中毕业,通过自学和阅读,写了大量的短诗和长诗,已在 16 岁时自费出版过一本书,现在又完成了一部新长篇小说《午夜天使》。我自然会想到人的文学天赋,古今中外少年成器的天才不少,不足惊奇,关键在于这个女孩承受着重症的有如塌天的压力,进行着文学创作最基本功能的学习和操练,这需要怎样坚强的勇气,怎样强大的心理承受和精神支撑的力量?

我们的生活近年间发生着令世界瞩目的变化,最贫穷的乡村也早已解决了温饱这个生存底线问题,城市里形成一个数目可观的中产阶层,且不说大款和巨富。人们开始懂得爱惜自己，人们开始讲究形体美，报纸电视上猴急似的居然动用了"抽脂"这样残酷拙劣的词汇来做减肥广告。肥了瘦了蚊子叮了蛇蚤咬了都成为重大话题交响在握手问候之间。11岁就承受着生命绝望的珍真，是怎样走到19岁的？在她在钟楼广场叫卖自己创作的书稿的举动里，我现在才感受到一个惊世骇俗的高昂的生命乐章，令多少也沾染了点娇情娇气的我意识到惭愧。

在这样的情绪里，恰好三秦都市报社记者打来电话，问我看到有关珍真事件的连续报道没有。我说看到了。他告诉我，珍真曾向记者说到她喜欢读我的作品，并有想见面的意愿。我说我也想当面了解她的处境。随即便约定了见面的时间。其时我正参加省文联换届会议，第二天我们便在丈八沟宾馆我住的会议楼的会客厅里相聚了。和珍真一起来的有她的母亲和亲友、三秦都市报社记者等十多个人。经介绍之后，珍真在我坐的长沙发椅上坐下来，我看见一张有点苍白的脸，握手时我竟然说不出话来，喉头如有石头一般哽噎，就是这个看上去相当柔弱的女孩，以非凡的意志力和强大的心理承受力挑战命运，倾情专注着文学创作。人的真正强大，不只表现在彪悍的外形和肢体动作语言，而在于内在的精神。这种精神才是真正令人感动和钦佩的，折服的，尤其是呈现在一个女孩身上。我现在不得不借助三秦都市报社记者李永利杜晓瑛的记实报道，我对珍真和她的亲友说了一些话，有这样几句："这是一个生命的悲剧。我们要立足于对生命的珍爱，而不完全把她当作一个作者……我被你的勇气感动。"

我是真实被感动了。我在报纸上看到那个令人恐惧病症字眼时很感动，在珍真坐到我旁边时就发生抑止不住的泪眼模糊。这种情况近年间不止一次发生，几位我尊重的前辈和同代作家去世，面对他们垂死的眼神和随后的哀乐,我都哽咽难语。我怀疑自己进入了一个脆弱的年龄心理生理区段。我刚刚读过季振帮先生的一篇散文,专意谈他近年间出现的这种脆弱情感,举例皆是生活细节里的真爱和大美,看来这是人类共同的一种普遍性心理情感。似可当作自我心灵情感敏锐或麻木的检测。随后在三秦都市报社召开的座谈会上,社会各界那么多人涌来了,为着一个身染重病的青年作者珍真。其中有一位犯过法的年轻人,流着泪说他愿为珍真捐赠器官。我又一次受到震撼和感动,相信在繁荣也发生着迷乱的世界里,生活深层涌动的依然是真诚和善良,是对美的敬重和呼应,是对一种人类永恒精神的膜拜。人们完全有理由也有自信,蔑视浮泛在生活表层的虚假和喧嚣,生活深层的脉动是雄壮的健康的,足以让人感到踏实和可靠。

珍真的《午夜天使》即将出版,由太白文艺出版社推出。总编陈华昌先生也是被珍真的精神所感动的一位学者,也在得悉这部不同寻常的书稿和作者珍真的经历之后,毫无犹疑地接受了,当即安排阅稿审稿。周瑄璞是颇具影响的青年女作家,承担起一个编辑的责任和爱心,和珍真对话交流,提出修改意见。她和记者小杜几次电话向我通报书的修改和审稿进程。在多方切实真诚的关注里,《午夜天使》即将面世,既是珍真生命理想的成功,也当是社会各界关爱生命关爱文学的一种精神的彰显和张扬。

我昨天刚刚读完《午夜天使》的校对稿。

《午夜天使》是年轻珍真眼里的世界。这只是广义世界里的一个角落,既不是广阔的乡村,也不是活跃着政治色彩权力竞争商场银号大企业小作坊的最富活力和竞争机谋的城市层面,而是谁也不大在意的潜伏在城市夜色里的歌厅舞场。这种场合不被人关注是合理的,它不涉及人类生存的重大命题,也不是当代生活发展的主流动向和焦点,社会发展的进程和脉象,都不标示在这个场所和角落。这是有财力的人群休闲娱乐的地方,谈情说爱交友结谊的秘密角落。抖落负载放纵情感图得轻松惬适的领地。《午夜天使》展示的就是发生在这个小角落大场合里的一帮青春男女的生存形态。

开篇阅读时,对刚刚出场的几个青春男女的那种令人陌生的职业和生活方式,我曾产生过一个印象性比喻,尤如傍晚斜阳里飘掠在城市低空里的蜻蜓,或夜幕初罩下闪亮的流萤。随着作品的推进和展开,这几个青年男女情感纠葛的异变,太令人难以把握难以推想了,疾骤逆转的行为,演示着这个小圈子里人与人之间远近亲疏的裂变和组合,展示出复杂的情感和鲜明的个性。我在一次又一次的惊叹里,感受着这些陌生面孔的颇为多变也颇为沉重的情感历程,用通常所说的酸甜苦辣一词来概括,就显得很不到位也很浮泛了。

具有音乐天赋弹得一手好琴的雅风,被伤害致残了手指,单是一本《圣经》,如何拯救得了未来漫长的生命行程里的心灵苦涩;身怀钢管独舞绝技的忱子,也属天才型的人才,一场又一场堪为精美绝伦的表演,给各色看客带来的是欢乐快活和愉悦,而自己内心却经受着连续的挫伤和折磨,几度都在阴阳交界线上反复裂变,令人扼腕;在怀盏交碰的酒液和烟的浊雾里谋生的赛林,想要保持一份真诚和善良,却遭遇到一次又一次的精神摧残,以至被毁容。美和丑,善与邪的争斗不容许任何浪漫,不相信好心和眼泪……我起码了解了这样一个常识,这些快乐地舞蹈着倾情地弹奏着狂热地歌唱着的青春男女,卸了舞妆扣下琴盖关了话筒之后,谁都面临着生活里的清与浊的冲击,谁都难以回避人生道路上千古以来永恒着的选择的严峻,无论天使或蜻蜓,翅翼却深重。

5

这是一群自生自灭的群体。社会各级团体的影响和关爱似乎抵达不到这个角落，家庭和亲友的温情和点缀似乎也很难产生影响；他们是一个没有约律的松散组合，他们任凭自己尚未定型的个性自由生长自由发展；他们的艺术表演所能获得的，仅仅是那些在昏暗的灯光里心不在焉的消闲男女的掌声和嗯哨，没有嘉奖没有职称更不会奢望社会评价；他们的路子走直了走歪了乃至栽跌了，都是自己一瞬间的判断和选择；他们总是以欢乐为表征的职业里，同样隐含着人生的痛苦包括凶险，这样的痛苦已经不是无食无衣的饥饿寒冷，也不是极"左"政策的歧视和陷害，而是心灵和精神层面上的新的困惑和欲望促使下的正与斜的人生途径的选择。我由此而想到，社会各级团体对活跃在城市夜幕下的这方角落里的这帮青春男女，可能疏忽了缺失了关注和疼爱。

　　能把这个不被人在意的小角落里的几个人物，写到令我可以感受到生活底层运动的脉动，也感知到人生重大命题的颇为深刻的内容，真是出我意料的艺术效果。更难得的是，作品的背景是歌舞厅这种场合，却写得干净，清爽，没有污脏龌龊，更没有一笔一墨的色情和性描写，这是最能显示作者文学功力也显示作者思想和艺术意趣的见证。谁都知道，歌厅舞厅在普通人心里的普遍性印象。谁也都知道，近年间文坛有"上半身"和"下半身"写作。在这样的社会背景和文学创作背景里，年轻的珍真在《午夜天使》里呈示的题旨所指和艺术气象，都是难得的可贵的。

　　祝贺《午夜天使》面世。珍真无疑已经跨进她神圣着的文学殿堂。

2005.7.12

二府庄

亲爱的，暴风雨来了
就算它打落我的羽毛
劈裂我的翅膀
我依然想飞
我一定可以飞……

当他抬起头，望着墙上那扇高高的小窗户时，才察觉到，又是一个下雪的季节。

窗外这些如同碎玻璃一样的雪花，晶莹寂寞，静静地飘落，他眼前的雪像要融化成水，汨汨流淌，涌动着不可名状的怅惘。

监狱里的人都知道他叫忧子，忧伤的忧。也都知道，他是一个永远也出不去的囚犯。

他身材高挑，却总是拖着疲惫的身体；他星目剑眉，却总是目光哀伤涣散，仿佛他的肉体和灵魂不在同一个世界。

很多犯人都在猜测，这个相貌俊朗，长着一双黑珍珠似的眼睛，皮肤光滑细腻，有着童贞脸庞的男孩，为何会掉进牢房，又为什么再也无法走出这里。

在监狱里，忧子很少说话。他总是喜欢在死寂的午夜看表，看完后，一笑了之，这笑容好像平展的布帘抽动了一下。

寂静的深夜，同牢房的犯人常常被忧子的哭声吵醒，每当他们准备让忧子闭嘴的时候，发现这哭声是从梦中而来。他在梦里泣不成声。在梦里，有他难忘的过去。

忧子从悲凄的抽泣中醒来，眼角仍不断流着泪。

他艰难地抽起身，点了根烟，任凭泪水在脸上纵横，也不去擦拭，因为这泪是永远都擦不完的。

阴冷潮湿的牢房里灯光昏暗，忧子绝望地看着那扇小窗，默默地哭

午

／

夜

／

天

／

使

诉着他的思念，满心懊悔。

他想：我不再是人，我是一个小鬼魂，在地狱里忍受煎熬的小鬼魂。痛死过后醒来，醒来之后又痛死，就这样一次次地折磨，没有终结。他对大鬼魂说，我愿意这样受罪。

一天，忧子收了一个邮件，拆开一看，一张纸条映入眼帘：

忧子：

这是你要的衣服。希望你不要太难过，过去的事就让它过去吧。如果还有什么需要，我一定会帮你的。保重！

卓琪

牢房的犯人们看着这些华丽的演出服，好奇地凑过去围在忧子身边。

一个犯人随手拿出一件带喇叭袖和丝带的白色长袍，虽看不出样式，却能感觉到它的精美和时尚。

哇！从哪里弄来这么多花哨的衣服？这是谁穿的？另一个犯人问道。

忧子勉强地笑了笑说，这是我的衣服。

所有的人都惊讶地看着忧子，眼神中流露出无限的诧异。

忧子拿过这件精致的白纱裙，放在腿上，轻轻地抚摸着它的一丝一线。它薄如蝉翼，轻若鸿毛，似有似无地落在忧子的腿上，又如盘根错节的枝蔓缠绕着忧子的心，越缠越紧……

无数个被迷雾包围灵魂的夜晚，

我睡在喧闹的Disco 舞台边；

我睡在玫瑰花瓣的床上；

我睡在小街的垃圾堆旁；

我睡在荒野如梦的悲凉中。

有谁能将我唤醒，

让我不要总在黎明来临时睡去，

因为我怕再也无法感受到阳光带给我的温暖！

——忧

忧子喜欢在墙壁上留下自己的诗句；喜欢夜晚静谧地坐在天台吹刺骨的风；他喜欢在 Disco 里抢过 DJ 的麦放声高歌；更喜欢在众人的欢呼声中翩翩起舞。他是夜的精灵，他所处的世界是夜晚忧欢的制高点。

忧子几乎没有朋友，也许是因为他的平凡，也许是因为他的贫穷。他总是孤独地演绎着自己的喜怒哀乐，孤单地行走在黑夜的街边。但他从不需要别人的怜悯和同情，因为他生性好强，总是掩饰脆弱，表露快乐。

忧子望着镜中疲惫的脸庞，开始为午夜的领迪准备服装，这是他每天的工作。

除了领迪，忧子的桌面舞在这个城市的 Disco 里是颇有名气的，尤其是钢管舞的绝艺更是无人能比。有人干脆称他为——钢管舞男。

9 点 30 分,忧子准时走进 Passion Club。他常坐在美女吧里面,闲情逍遥,自由自在。也许是因为那里的美女比较多,他想做一片被红花衬托的绿叶吧。

美女吧是个圆形的吧台,中央有根钢管,旁边连着领舞台。蓝色的灯光缠绕在美女吧周围,诱惑着人们的目光。

走进 Disco 里的人大都笑容满面,成群结队,个个仪表非凡,谈笑风生。可到底有几个人是真正快乐的呢?而又有多少人真正懂得快乐的真谛呢?忧子总喜欢思考这些和自己无关的问题。

忧子点了根烟,猛吸了几口,伴随着轻柔的鼓点,他的头感到一阵微微的疼痛……

在 Disco 里时间长了,便有了这样的反应。几次试图想换个环境,可并没有更适合自己的工作。只有跳舞才能给他带来比较丰厚的收入,也只有这不足 10 平方米的领舞台,才是他展示艺术才华的领地。

快到 10 点半了,Disco 就像拥挤的蚂蚁洞一样,洞外的人你拥我挤地往进钻,洞里便是蜂窝般的人群蠕动着擦肩而过,没有一丝空隙,空气变得越来越浑浊。到处都是浓烈的烟味、酒味和无数种品牌的香水味。男男女女有说有笑,奇装异服在这里也变得不足为奇。

烟雾包围着每一个灵魂,酒精吞噬着人们的精力与思想。也许这是某些人的地狱、坟墓,也许这又是某些人的天堂、圣地。

10点30分,DJ准时将音乐停下。雷鸣般的鼓点一个接一个地冲出来,袭遍了整个舞场。

领舞台上喷出白色的烟雾,这烟雾如梦似幻,像一个巨大的谜团包裹着忧子,他的身影和面庞若隐若现。无数双眼睛都期待着烟雾的散去。

鼓点越来越重,节奏越来越快,掌声和呼声也开始激烈起来,人们的目光都聚集在了领舞台上。

在白色烟雾后面,隐约可见身披白色长纱、身材高挑的忧子,拨开层层白雾,挥动着双臂,长纱飞舞在年轻的身躯周围,像湖中游荡的白天鹅,将要展翅飞翔。

忧子灵活地驱动着全身的部位,舒张自如。突然间,忧子腾空而起,披光溢彩,绚幻绝伦,细腻柔婉的动作令仰慕者们惊叹不已。他总是很快就投入这让他兴奋的英格玛的音乐节奏中。

不一会儿,忧子汗流浃背,而股股浓烟和闪烁的射灯依然不停地包围着他的身体,使他感到快要窒息。忧子无奈地闭了闭双眼,继续展示他的舞姿,汗水跟着鼓点从脸上、脖子上不停地滴落。

这时,台下的人们也越发地疯狂起来,他们如痴如醉地沉浸在音乐里。

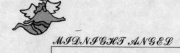

最美的时刻,也许是最痛的时刻,

我只能这样最喜欢却又最讨厌地表演着自己。

裸露着我的美体真身,让我感到愉悦,却很无助。

如果有一天,白色气体使我窒息,

希望我能倒在神圣的舞台上。

埋葬我的也许是赞赏的目光,也许是鄙视的面孔。

——忧

我还是觉得这里的 Dancer 是跳得最好的。女人们指手画脚地议论着。

这个男孩叫忧子,他以前在很多地方都做过领舞。有人说。

太帅了,你瞧他的身材,瞧他的动作,瞧他的笑容,简直就是男人中的极品。一些上了年纪的女人也痴迷地望着大汗淋漓又一刻不停的忧子。

天哪,帅翻了!他就是忧子吧?小女生们说。她们用崇拜的眼神望着忧子,充满了幻想和暧昧,尽情地欣赏着心目中的偶像。

啥玩意儿嘛,不男不女的,我要是他,早去自杀了。一个貌似文质彬彬、紧搂着女服务生不放的男人说。

哈哈哈哈哈,穿成这样,不如脱光算了。跳什么呀跳,快下去吧。一个衣扣松开、裸露着臃肿的啤酒肚的中年男人嘲笑着说。

开场秀结束了。忧子抱着整卷卫生纸坐在美女吧里面擦着汗。

接着，舞台中换上了女 Dancer 小诺。她一头酒红色卷曲长发，有着无可挑剔的身材。她扭动着纤细的腰肢，吸引了在场所有人的眼球。

忧子刚穿上黑色的外套，只见一个碎发过肩的男生坐到了他的面前。

男生的背影看上去像 18 世纪的波兰钢琴家肖邦，瘦俏的脸，高挑的身材，深邃而神秘的眼睛和无比高贵的鼻子。他的出现，立即引来了不少女人追随的目光。

他就是忧子的好朋友，雅风。

你今天这身装束应该跳段天鹅湖。雅风开着玩笑说。

我看你真是语不惊人死不休啊，我跳天鹅湖？跳个丑小鸭都勉强。忧子调侃着。

你就是没自信，如果你还嫌自己魅力不够，那世上的男人还活不活了。

我眼睛比你小，个子没你高，头发没你长，哪儿像你，魅力十足！

哈哈，小眼儿聚光嘛，再大点还多余呢，像你这样有杀伤力的帅哥才是稀世之宝。

抽烟抽烟，不堵你的嘴，你就难受。忧子把一根烟塞进雅风嘴里。

雅风是忧子唯一的朋友，没事就在一起聊天，斗嘴，谁也不肯罢休。

忧子坚信友谊天长地久，可这句话，他只用在雅风身上。

　　雅风总是独自坐在吧台边欣赏忱子形态各异的舞姿,他认为这是一种最美的享受,尤其是忱子阳光般的微笑和天真无邪的眼神,富含温情的眉眼中充满了善良、正直、活力和淘气,单纯的神态就像站在窗前痴心憧憬的孩童,真是夜空孕育的精灵!

　　今天的专业课还顺利吧? 忱子问。

　　哼! 雅风苦笑着从口袋里掏出了一个口罩在忱子面前晃了晃。

　　忱子接过口罩,莫名其妙,上钢琴课还发口罩?

　　雅风带着极度不满的情绪说,那个该死的外教,我就咳嗽了两声,她就给我发个口罩,我比她年轻多了,还没她那么怕死呢。雅风气愤地抽着烟说,每次上课都是一肚子气,她还要我剪头发,说我这样会影响她的情绪,让她不舒服。我的这个发型留了半年多了,她从来没说过我,今天不知道吃错什么药了,纯粹找茬儿。我真他妈的快崩溃了,这简直不是人过的日子。

　　忱子听后,却不以为然地说,这就是你不懂事了,人家老师也一把年纪了,谁说俄罗斯女人就没更年期? 如果再碰上个内分泌失调,或者性生活不和谐什么的,发个小脾气也难免嘛,没跟你拼命算好啦。你也老大不小了,怎么就连这点道理都不明白?

　　哈哈哈。听着忱子这番分析,雅风忍不住大笑起来。

　　忱子幽默的语言总是可以给别人带来许多的欢乐。而他的忧愁与烦恼却从不轻易表露,他总是将它们深深地埋藏在心中。

　　他希望与朋友分享一世纪的快乐,却不愿让朋友为自己承担一分钟的痛苦与哀愁。

> 如果有来生,我希望自己变成一块石头,
>
> 即使没有任何欢乐,也不会有任何痛苦。
>
> 坚固的身躯使我免受伤痛。
>
> 无论被抛在路边、河滩、山坡或者天边,
>
> 无论被践踏、淹没或者遗忘,
>
> 都只是一块安静的顽石,
>
> 一块千古不变,永远不会落泪的石头。
>
> ——忧

小诺跳完舞,也来到吧台。

帅哥,又来看我跳舞啊?小诺在这一行里算是非常温柔的,就连说脏话时也细声细气。

雅风笑着喝了一口 VODKA 说,穿成这样,是不是想勾引我呦,我是抵挡不住诱惑的。

真好笑,你自己要看还怪我勾引你啊!告诉你,我不喜欢男人,尤其是你这样没钱剪头发的男人。小诺带着浓厚的南方口音,温柔的声线和她的外表就像精心搭配过似的,好一个地道的江南女子。

三个人正聊的开心,只见两个女孩走到忧子面前问,帅哥,能不能教我跳舞呀?

忧子打量了女孩一番,一脸严肃地说,先回家减减肥吧,美女。

那我瘦了以后你可要教我呦?女孩根本没有觉得被男生当面说胖

是一种尴尬。

忧子一脸无奈地说，OK！

两个女孩笑嘻嘻地走后，小诺不停地笑，而雅风却边喝酒边说，看着吧，人家要是真瘦了，你可是要承担责任的。

哈哈，她要能瘦到跟小诺一样，我还真愿意教了！忧子辩解着说。

在这纷乱喧嚣的 Disco 里，看着形形色色的人们放纵地宣泄着各种各样的情绪，忧子不由得在想：有些人脸上挂着同样的笑容，却为不同样的事而开心；有些人脸上露着同样的忧郁，却为不同样的事而伤感。难道这样一个只能使身体释放而没有任何思想空间的场所真的能让人这么迷恋吗？

忧子独自来到包间，一头扎倒在沙发上。

怎么了？雅风跟了进来，坐在忧子身边。

忧子缓慢地坐起身，从包里掏出一瓶安定药。

雅风抢过药瓶说，忧子，别吃这个，这对身体没好处。

雅风，我头疼，不吃真的很难受的。忧子难过地看着雅风。雅风只好无奈地放下手中的药瓶。

换个工作吧，再这样下去，我看你也快受不了了。雅风说。

忧子苦笑着说，过去喜欢跳舞，从没想过当做职业，看来能以兴趣爱好为生，也算件幸福的事。我只有 19 岁，该学的东西都没有学，除了跳舞，我真不知道我还能做什么。现在没有文凭，没有关系，想找个好工作简直就是天方夜谭。能有这样收入不错的工作我觉得挺幸运的，你说呢？

曾经在Disco 里看到一个备受众人推崇的Dancer，

他的每一根发丝都能让人感到舞动的节奏。

那一刻，我告诉自己，我也要像他如瑰丽的圣光闪烁在舞台，

站在人们的头顶，享受众人的欢呼，

成为最具魅力的天使。

今天，我做到了。

但我却不知，在这呼声中又夹杂了多少侮辱与嘲讽，

我不在乎，也无力去在乎。

只能继续我的选择！

——忧

那天晚上，雅风和忧子又回到了雅风的住处。

这是一间父母按照雅风的要求、专门为他练琴而精心设计的房间，里面有一架 KAWAYI 三角钢琴、日本 NIKKO 节拍器和一套英国的天朗音响，而床就铺在地上，感觉很舒适，很随意。

忧子躺在床上闭着眼睛说，琴师，演奏一曲。

看着蜷缩着身体的忧子，雅风叹了口气，看着自己最要好的朋友生活得这样颓废、无奈，自己心里也很是伤感。

打开窗户，关上了所有的灯，雅风开始操纵着白色的琴键，一个个音符蹦了出来。

这是一首悲伤与激情、浪漫与压抑相结合的《肖邦第二钢琴协奏

曲》，令雅风思绪万千，悄然流泪。

这个世界的公平恒常、共体和谐哪里找得到。为什么我拥有这么多的幸福，而他却要承受这么多的痛苦。上帝，我的父，他是一个多么天真无邪、又多么坚强的男孩，我不忍心看着他的痛苦越来越重，生活越来越苦。我的父，我想问问你，你忍心吗？我多么希望能帮助他度过伤心的每一天！雅风伤感的眸子透射出慈爱的光芒。

随着情绪的激动，琴声也开始激烈，雅风的双手在黑白键上来回盘旋闪转，如灵巧的鸟儿，如流畅的清风，如低回的浪花，无数的音符在瞬间敲碎了忱子的心。他能听到雅风的心情，也能感受到琴声诉说的感情，而他只能将头深深地埋藏在枕头里。

一觉醒来的忱子，又无缘见到灿烂的晨光。

忱子：我去学校了，吃点东西再去上班。我很担心你，开心点！

雅风

看了这纸条和旁边的饭菜，忱子笑着自言自语说，搞艺术的是不是都这么肉麻？

忱子天天都会在精心打扮后才肯出门，他是一个特别爱美的男孩，尤其喜欢用香水。

今晚，忱子穿着白色露背的紧身短背心和一条镂空黑纱做的紧身喇叭裤，背心的小尖领下还打着一条黑色的大领带。厚底的靴子让他本身1.77米的个头又增加了5厘米。

忱子坐在吧台里，照着镜子。那一头黄色小卷、四处乱翘的头发给

他的瓜子脸增添了不少的魅力。

喂,今天雅风来吗? 不知什么时候,小诺已经换好衣服坐在了忧子旁边。

怎么,想人家了? 我早知道你们两个有一腿,还不承认。忧子坚定地说。

一腿算什么呀,我们还有两腿呢,怎么样? 小诺毫不示弱。

开场了,那震耳欲聋的鼓点响起的同时,忧子和小诺各站在舞台的一边,开始了精彩的表演。

有时,两人还要走到舞台中心,跳上一段双人舞,引得台下哨声起伏。

忧子刚走下舞台,吧台边有个男人执意要请忧子喝酒。

忧子应付地笑了笑说,我不会喝酒。

在这里玩的,哪有不喝酒的。来,少喝点。男人给忧子倒了满满一杯芝华士。

哥哥,我一会儿还要跳舞,不能喝酒。

酒已经给你倒了,你不喝就走,也太不给我面子了吧? 我也没有为难你,就这么一小杯,又不让你抱瓶吹。男人露出阴险的笑容。

就在这时,吧台里一个做酒水推广的女孩端起忧子的酒杯,一口喝下了这杯酒说,青哥,来了不请我喝酒,太说不过去了吧?

女孩和这个男人认识。忧子一看,退坐到一边。

哈哈哈哈,怎么能不请你喝酒,把这两瓶芝华士喝完,我就再买,怎么样?

这算什么,想当年妹妹我一人走了两打百威和五瓶红酒,回家依然只用两条腿。来,干了。女孩好像对酒精一点不敏感,两瓶芝华士很快就被消灭得一干二净了。

女孩喝完最后一杯酒,转过身,用纸巾揩了揩嘴,露出一丝痛苦的表情,眼神里充满了惆怅与无奈。女孩勉强地保持着笑容说,青哥,只要你开心,我就陪你喝。

王青看女孩喝了跟没喝时状态差不多,自己却有些头晕,便找借口离开了。

王青一走,女孩忙跑出了 Disco。忱子也紧跟了出去。只见女孩靠墙蹲在路边,喘着粗气。

忱子来到她的身边蹲下问,你没事吧?

那个该死的臭男人,喜欢纯饮,害我喝这么多,难受死了。女孩一脸难受的表情。

今天多亏你。忱子不知道该怎么谢谢这个好心的女孩。

咱本来就是做酒水推广的,帮帮忙没什么,看你这样子就知道不会喝酒。女孩非常爽快。

你脸上也没写着能喝酒呀? 忱子有点不服气。

女孩生来三分量嘛,这你都不懂啊? 我的酒量可是生来就有的。女孩有些得意了。

你不要紧吧? 忱子低下头问。

身为一个酒水推广,最重要的就是酒量,喝这点算不了什么! 女孩的敬业精神让忱子有些想笑。

正当忧子起身准备离开时，女孩叫住了他，你可千万别招惹那个家伙，他是这里黑道上的，以后要小心点。

忧子淡淡地笑了笑说，哦，知道了！

凌晨两点，雅风一直没来，忧子一个人回了家。

一路上接到很多仰慕者的电话，没说几句，都被忧子匆匆挂掉。

他讨厌这些怀有目的的接近，虽可以和她们一起无所顾忌地说笑，但她们永远不可能是他的朋友。在他心里，雅风是唯一可交的朋友，是永远可以信赖的朋友。

睡了吗？雅风打来电话。

我在看书，在看诗人雪莱的诗。忧子喜欢看诗，也喜欢用诗句来抒发自己的感情。

呵呵，我的大诗人呀，现在已经凌晨 4 点多了，你不睡觉看什么诗呀，我看你是等飞碟吧？

古罗马诗人维吉尔说过，年轻人，不要相信你短暂的花容。我可不想做一个思想贫乏的人。忧子装正经地说。

那好，明天跟我去听场音乐会，保你精神充实。

好呀，那我明天请假，放松一下。

第二天傍晚，音乐厅门口。

怎么这么晚才来？雅风问。

呵呵，我去买爆米花了。忧子露出了天真的笑容。

啊？你以为看电影呢？谁听音乐会吃东西呀？

大不了给你分点？忧子笑着和雅风进了会场。

华丽的音乐大厅舞台上，庞大的乐团，气势磅礴，排山倒海。

听，这一乐章的钢琴部分太棒了，我人生最大的愿望，就是也开一场像这样的个人钢琴演奏会。雅风早已深深地投入在这美妙的旋律中。

你可以做到的，雅风，你的琴声是我听过的最美的音乐。忧子边吃边说。

在忧子眼中，雅风是最棒的，他喜欢雅风的清高孤傲、温文尔雅又那么桀骜不驯，没有人能取代雅风在他心目中的地位。如果没有雅风的琴声陪伴，忧子苦闷的心情将无法倾诉，紧张的思绪将无法释放。

音乐会结束后，两人准备去吃点宵夜。刚走进一个小街道，只见几个男人围着一个女孩。

你别耍花招了，这么点钱打发叫花子呀？一个男人说。

你急什么，我又不会跑掉，早晚会还你的。女孩气冲冲地喊着。

忧子仔细一看，是替他挡酒的那个酒水推广，忙走上前说，怎么了？干吗这么多人围一个女孩？

几个男人见有人过问，没有过多地纠缠，悻悻地离开了。

你欠他们钱啊？忧子问女孩。

没什么大不了的，不关你的事，你不用担心。女孩倔强地说。

那就好,自己小心点!我和朋友准备去吃饭,不如……不如一起去吧?那天的事还没谢你呢。

谢什么,今天扯平了,要不是你们来了,他们可能还不走呢。于是,女孩大方地跟忧子雅风一起去吃饭。

我叫赛林,我知道你叫忧子,早就大名鼎鼎了。

赛林?名字不错嘛!忧子似乎想起了什么。

很多人都这么说。赛林脱口而出。

不过……好像在哪儿听过这个名字,好熟悉呀!忧子皱着眉头仔细想着。

这时,赛林突然放下筷子,慢慢抬起头盯着忧子看,是呀,我怎么也觉得忧子这名字越叫越耳熟,越看越面熟。她好像已经回忆起来了。

你是不是在枫叶小学上学?忧子问。

是呀,你想起来啦?我就是和你一个班的!赛林非常兴奋。

哦,我知道了,你就是暗恋我的那个小班长吧?忧子眼神丰富地一瞥。

别做梦了,谁暗恋你呀!都是你让我从树上摔下来的,一个多月没法上课。本来想把伤养好了以后去学校找你算账,可你小子溜得快,转学了,哼!

小学的时候,忧子和赛林是同班同学。

有一天课外活动,赛林爬上了一棵大树捉知了,她爬,知了也爬,她以为知了无论如何也没有她爬的快,谁知道眼看快捉到了,就在她伸手的一瞬间,知了飞走了,往下一看,她却已经爬得太高了。她不敢下来,便在树上大喊。

忧子听到了喊声,远远看见赛林困在一棵大树上,一动也不敢动。忧子得意地走了过去问赛林。

班长,你在干什么呀?

我下不去了,你帮帮我,让我下去吧。赛林恳求着说。

不行呀,我要回教室写作业了,要不然你会到老师那儿告我的状!

不会不会,我不告诉老师,你帮我下来,我就不告诉老师。赛林焦急地快哭了出来。

忧子看着泪眼汪汪的赛林,眼睛一转说,那好吧,我在下面接着你,你跳吧!

忧子,太高了,我不敢跳,我害怕!

放心吧班长,我一定接住你,不会摔着的,快跳吧。你不跳我就走啦!

好吧好吧,你别走,我跳!赛林抹掉了眼泪,做好了准备。

赛林闭起眼睛,猛然一跳,便从树上摔倒在地。疼得她坐在地上直哭。

忧子暗自高兴,准备溜走。可发现赛林的小腿和膝盖被石头划破,干净的校服上沾满泥土,眼泪挂满了她的小脸。忧子急忙上前扶起赛林,朝学校医务室走去。他暗暗后悔,这玩笑开得太过了。

一路上,赛林不停地责备忧子,你这个骗子,说了接着我的,你为什么不管?

你这么高,我接不住嘛!我又不是故意的。忧子找借口说。

你就是故意的，我又没你高，怎么会接不住，你是个骗子。

你再说，再说我不管你了。忱子吓唬赛林。

赛林一听，没敢再说话，只是不停地流眼泪，十分委屈。

哼！今天又让我碰到你，真是冤家路窄呀！赛林冲忱子说。

班长，如果当时我知道你越变越漂亮，竟然成了个大美女，砸死我也要接住你！忱子又开玩笑说。

这次你跑不了了，以后慢慢收拾你。赛林听了忱子的话，忍不住也笑了起来。

两个多年不见的小学同学再次相遇，心情格外激动。两人边吃边聊，说说笑笑。不知不觉到了凌晨3点多。

雅风，这就是以前我们班的班长。昨天多亏她帮我挡酒，要不，我肯定就像死猪一样倒在里面出不来了。

雅风会心地一笑，然后对忱子说，快点吃，你明天不上班啦？你看都几点了？

三人起身要走。明天，哦不，应该是今天，今天晚上我们接着聊。看来赛林并没尽兴。

忱子说，以后有的是机会聊，我们送你吧，你一个人走夜路是很危险的。前两天，我下班一个人回家，都被抢了。

呵呵，我可比以前厉害多了。不用担心，还指不定谁抢谁呢。我有这个，不怕的。明天见吧，拜拜！赛林举起自己的右手，手腕上露出一条黄色的丝带，一蹦一跳地走了。她的身影消失在深夜冷清的灯光里，像一只小鹿跑远了。

你很喜欢送漂亮女孩回家吗？雅风带着玩笑的语气问。

越漂亮的女孩危险系数就越大，人家是个女孩，不但帮过我，还是以前的老同学。你信耶稣这么久，圣经里是怎么教你的？

雅风听后，没有说话，仍然笑嘻嘻地看着忧子。

咱们是不是应该有点悲悯情怀，你是弹琴的，我是跳舞的，都是为了我们心目中圣洁的艺术，为了给人们带来欢乐，愉快，解除人们的终极痛苦嘛，对不对帅哥？再说了，我又不会随便爱上一个人。忧子笑着说。

雅风也不由得笑出声来说，不一定吧，这样的女孩你不爱吗？还没有等忧子答话，雅风催促着，快走吧，咱就别侃了。

隔日在 Passion Club 里。

跟着 DJ 打出来的音乐和鼓点，忧子穿着两侧有丝带的黑色三角裤和黑纱紧身透视上衣，踩着那双厚底靴，来回地穿梭在人群中。所到之处都会惹来追随者的目光，那目光与舞台上的灯光交相辉映，使忧子在这里永远处于中心焦点。而忧子更加自信、豪迈，目不斜视地向美女吧走去，任凭无数女人在台下的灯光里心醉神迷。

雅风，昨晚我做了一个梦。梦见自己在一个很大很大的舞台上，跳着当年报考舞蹈学院时自己改编的印度舞。就在掌声最激烈的时候，我惊醒了。唉！如果那不是梦多好。真不知道我什么时候才能攒够那么多学费。忧子坐在吧台里抽着烟，显得非常兴奋。

雅风喝着酒说，人生的结果并不重要，重要的是享受精彩的过程。就好比品红酒，重要的是品尝的过程能给予享受和满足，并不是看你喝酒的数量，明白了吧！雅风矜持地说。

忧子笑着说，有道理，我们都要学会创造快乐，让人生过程更精彩。

这天晚上，忧子的舞姿极其奔放，充满无限的活力。他要把这小小的舞台当做生命中最辉煌的过程，他要继续他梦中的场景，他永远在通往艺术圣殿的道路上求索着，用他最美的舞姿向那里靠近，就像卡夫卡作品中那个土地测量员一样，永远都在向前方的城堡迈进。他梦想跨入城堡的一瞬间。

忧子边跳边关注着站在圆吧里的赛林。每当看到赛林专注而单纯的眼神时，就仿佛看到了小学时那个梳着妹妹头的小班长。忧子常常会意地和赛林相对一笑，移到离她最近的舞台边，跳出最柔美的动作，那一刻的忧子脸上再不是职业化的笑容，他会在与赛林对视时露出小男孩的腼腆笑容，一如他 10 岁时一样。

快点喝呀，我都喝完了，别想赖酒！一个男人的声音打破了这美好的倾心相对。

这有什么，不就是一杯酒吗，你姐姐我喝的酒比你吃的饭都多。说着，赛林不屑地瞟了男人一眼，一口气喝完了整杯酒。

好，冲你这酒量，我也要多买点酒。说完，男人又买了一打百威要跟赛林喝。赛林看着面前这一大堆酒，脸上硬撑着笑容，心里却有些发慌，她不知道自己是该高兴还是该悲哀。

坐在一旁的雅风看着赛林一杯杯地喝着酒,若有所思:天哪,酒水推广里的豪杰呀。

正在和朋友玩色子的小诺看到了雅风每一个细微的动作与神情,便停下了手中的游戏。

怎么了小诺?怎么不玩了?朋友催促着。

等会儿啦,我现在有事。说完,小诺悄悄来到雅风面前。

怎么一个人喝闷酒啊?小诺问。

愿意陪我喝两杯吗?雅风露出了一丝笑容。

小诺二话没说,端起酒瓶就往自己的酒杯中倒酒。

雅风一见,忙握住小诺的手说,好了好了,我随便说的,干吗这么认真?一会儿你还要换忱子跳舞呢。

小诺看雅风对自己这么关心,开始有些不知所措,只是默默地为雅风斟酒。

过了不久,雅风突然站起来说,小诺,我就不等忱子了,明天有专业课,我先回去练琴。你让他下班后去我家,或者给我打电话。

哦!好的。小诺听话地说。

看着小诺乖巧的模样,雅风捏了捏她的鼻子说,我发现你今天特别美。说完便像一阵风,转身而去。留下小诺呆呆地望着他离去的背影。

忱子浑身是汗地跳下舞台拍了拍小诺,示意让她上场。

上台前,小诺转告了雅风临走留的话,忱子点了点头,来到 Dancer 休息的包间。

正在这时,赛林身体歪歪斜斜地推开了包间的门。一头扑倒在忱

子身上。

喂，你怎么了？忧子大声喊着。

赛林倒在地下，半睁着眼睛，嘴里还不停地哼哼。

忧子马上就意识到，赛林又喝多了。他扶起赛林摇着头逗趣地说，酒量怎么越来越差了！

赛林抱着忧子放声痛哭起来，阿杰，阿杰你什么时候回来呀？姐姐怎么样都可以，只要你快点回家好不好？姐姐好想你！

忧子似乎悟出了赛林为什么会来这个鱼龙混杂的地方做这一行的缘由。

从没想到，我会遇上这圣洁的奇缘，

从没想到，这世上竟有如此温暖的怀抱。

我像无知的孩子一样被她抱着，

不想喘息，屏住心跳，

唯恐这气息的流失，

上帝，如果您真的仁慈，

就让我死在这样的双臂下。

——忧

你醒了？忧子看着刚刚睁开眼睛的赛林。

赛林慢慢坐起身问，几点了？

快5点了。

赛林什么也没说，就走出了包间。忧子也跟了出去。

这个时候,Disco 里的人已经很少了。赛林换好衣服,正准备离开,忧子站在她身后大声说,阿杰会回来的,我有预感。

赛林愣了一下,心想:一定是自己喝醉后又提到阿杰,否则,忧子怎么会知道阿杰呢?

谢谢你的预感!赛林露出了欣慰的笑容说。

这时的忧子早已忘记了要去雅风家的事,打着哈欠回了家。

几天过去了,雅风一直没有和忧子联系上,他想,忧子在社会上混已经不是一两天了,应该不会有事的。所以,雅风只顾着自己的钢琴考试。

那一晚后,赛林和忧子之间似乎多了一种默契,一种心领神会的默契,一个小小的眼神就可以传达心灵的信息。

忧子总是皱着眉头看着赛林喝酒,而赛林总是笑着拍拍忧子的头说,看什么,再看让你也喝。

我不想让你这样喝。

可我必须得喝,在这样的环境里,不喝不行啊,为了阿杰,我也要坚持。我相信我会见到他,然后带他回家的。

一天,忧子刚跳完舞下来,突然有人从身后紧紧地抱住了他。

忧子回头一看,擦了擦头上的汗说,什么时候回来的?

我刚下飞机,就来找你了,都快想死你了。一个漂亮的女孩紧紧地抱着忧子不放。

旁边的一些女吧员们都在议论着:看,她就是忧子的女朋友,好像

是刚从日本回来的。

　　赛林边陪客人喝酒边注视着那个女孩：瘦瘦的脸，高高的鼻梁。眼睛不大，瞳仁却是深蓝色，一看就知道是戴着有色隐形眼镜。头发披肩，烫得卷卷的，个头比赛林高一点，性感的吊带裙让人可见她丰满的身段。赛林突然明白了，大家常说的魔鬼身材可能就是这样吧。于是低头看看自己一身休闲的工作服，简直没有女人味。无奈之下，便又端起酒杯与客人喝酒。

　　趁休息时间，忱子帮女孩拖着行李准备送她回家。

　　路过吧台边时，看着陪客人喝酒的赛林，忱子不放心地说，我有点事出去一下，一会儿就回来，你自己小心点，别不要命地喝。

　　哈哈，你还不了解我了？快走吧，人家都等急了。赛林笑着说。

　　那女孩骄傲地拉着忱子就朝门口走去。

　　女孩名叫香一，自从在 Passion Club 里看到忱子跳舞后，便苦苦纠缠，穷追不舍，她说她死也要跟忱子在一起。

　　一出 Disco 的门，香一拉着忱子上了一辆银色的奥迪敞篷车。

　　香一边开车边说，这车是爸爸送我的礼物，你喜欢吗？一脚踩下油门，车飞驰在夜晚无人的路上。

　　你爸爸送你的礼物，我喜不喜欢不重要。忱子说。

　　当然重要啦，如果你不喜欢，我就换。

　　住的地方联系好了吗？忱子转换了话题。

去你家吧。香一说得轻松自然。

我家？我家那么小，怎么能住下。忧子找借口说。

那你就搬到我家去，我这边的公寓比较大。

算了吧，我每天这么晚下班，生活又不规律，你还要上学，会影响你的。

我不管，我就要和你住在一起。这次回来都是为了你，你以为我真的是来上学的呀？香一非常任性。

我经常去看你还不行吗？忧子再次劝说。

见忧子有些不高兴了，香一便转移了话题，刚才……那个女孩是谁呀？

她是我小学同学。忧子漫不经心地回答。

啊？小学同学还能记得呀？香一故意问道。

我们两个关系好嘛，当然能记得。忧子在香一面前说话从不遮掩。

因为对于香一这样的女孩，忧子根本没有兴趣。唯一感兴趣的是，香一非常有钱，和她在一起，可以减少生活的压力，不用为很多事情发愁。

爱是占有？是无尽的享乐？

还是虚幻与梦境？

爱是付出？是无私的奉献？

还是忍耐与祝福？

上帝告诉我，爱是一种感恩，

一种别无所求的感恩！

——忧

安顿了香一,忧子赶往 Disco。路上,他想象着赛林千百种喝醉酒的姿态。

刚走进吧台,忧子看见赛林正在陪青哥喝酒。

在昏暗的灯光下,她瘦弱的身体显得更加单薄,白皙的皮肤看似更加憔悴。

忧子上前夺下了赛林手中的酒瓶狠狠地说,疯了你!

这时,王青嬉皮笑脸地看着忧子说,我和她喝酒,关你什么事? 要不,你也喝点儿?

忧子气愤地端起酒杯准备和王青拼酒。

你干什么呀? 我和客人喝酒你凑什么热闹? 别在这儿瞎搅和,一边儿去一边儿去! 说着,赛林又拿起了酒瓶。

赛林! 忧子失望地看着她喊着。赛林看了看忧子什么也没说。

走吧,我们去个没人打扰的地方。王青和几个人带着赛林离开了 Disco。

忧子怎么也放不下心。不知不觉地也跟了过去。

赛林挽着王青来到了附近的一个酒店门口。正准备进去,忧子立刻冲了上去,拉着赛林的胳膊说,你要不要脸了?

我要不要脸关你屁事呀? 走开! 赛林很不耐烦,嘴里是浓浓的酒味。

看着赛林反常的举动,忧子突然心中一凉,鼻子酸酸的。

他很想扭头就走,不管她出什么事,就当没看见。可他就是放不下心。他觉得赛林不该和王青这样的男人走,她一定会有危险的。

你这人真不知好歹！忧子也火了。

你烦不烦呀？听不懂话是不是？还在这儿站着干吗？赛林非常着急。

王青一看，给旁边的人使了个眼色，几个人立刻把忧子架到墙角，一阵拳脚，打得忧子鼻青脸肿，跌倒在墙边。赛林在一旁急得大喊，住手！住手！

赛林看着忧子被打，不知道该怎么办才好。灵机一动，便乞求地说，青哥，你说你何必跟这个小毛孩子计较呢。今天扫了你的兴，要不……要不我改天再约你吧。

王青狠狠地瞪了忧子一眼，又不满地看了看赛林，无奈地说，也行，你可别忘了，我等你电话！

昏暗的深夜，路边没有行人，天空也没有星星，只剩下忧子失望的眼神。

赛林跑过去，冲忧子喊，叫你走，你干吗不走？现在知道啦？

赛林扶起忧子靠在墙边，帮他擦着嘴角的血，难过地说，你看看你，管什么闲事儿呀，这不是自讨苦吃吗？

我管闲事，我是傻瓜笨蛋，以后我再也不会管你了！忧子猛然起身继续说，你看看你，你连你自己都管不好，你怎么管你弟弟？如果我是阿杰，我永远都不会回到你身边的，不会认你这样的姐姐。

啪！一个清脆的巴掌落在了忧子脸上，一阵冷风掠过耳畔。

你知道什么？你根本就不了解。你可以不把我当朋友，你怎么看我都可以，你不要拿阿杰来伤害我，他根本不是因为我才离开的，不是！

赛林喊着。

忧子没想到一提起阿杰,赛林会有这么大的反应,不再说话了。

赛林用手抹去了泪水,挺着瘦弱的身体倔强地向前走着。

忧子见状,忙跟上去问,你去哪儿啊?

赛林头也不回地说,不用你管。

忧子一把拉住赛林的胳膊说,你怎么还不知好歹呀? 我是想保护你。

赛林根本听不进去,用力想挣脱忧子的手,可忧子紧抓不放。赛林急得用脚踢他,忧子还是不肯松手。

一气之下,赛林在忧子胳膊上狠狠咬了一口,顺势把他推倒在地。

这次,忧子是真的没有力气再爬起来了。他疼痛的神情让赛林感到惊慌。她的脑中突然浮现了阿杰年幼时被同学推倒在地,哭着喊姐姐、姐姐的情景。赛林冲上去一把将忧子抱在怀里,紧紧地抱着。

忧子无力地靠着赛林,他知道,赛林一定又把自己当成阿杰,才会这样冲动的。忧子再次感受着赛林的心跳与温度,心里默默地想着:如果我是阿杰该多好。

这天晚上,忧子带着赛林来到了自己的家里。

赛林用热毛巾给忧子敷着伤口说,看你弄成这个样子,明天怎么跳舞呀?

没关系,有班长伺候,肯定能好。忧子开玩笑说。

阿杰是你弟弟?

赛林点了点头。

他离开了你?

赛林继续点头。

为什么?

赛林没有回答。停了一会儿她慢慢地说,那一年,妈妈离开了我们,她什么也没有说就走了,她像是离家去上班一样地走出家门,从那以后,很久都没有回来。我爸爸从那时起,总爱喝酒,每天喝得醉醺醺才回家。他一喝醉就打我和阿杰。阿杰总是躲在我怀里哭。我替阿杰抵挡爸爸的拳脚,受尽了皮肉之苦,虽然身上是疼的,心里却是暖的,因为阿杰得到了我的保护。

记得当时,阿杰每次都会小声问我,姐姐,你疼吗?我就反问他,阿杰,你疼吗?阿杰说,我不疼。阿杰不疼,姐姐也不疼。

有一天,我没在家,爸爸又酒醉回来,狠狠地打了阿杰一顿。之后,阿杰就离家出走,再也没有回来。

不久,妈妈回来了,她是带着病回来的,谁也不知道她去了哪里,只是,她一回家就住了医院。不久,爸爸抛下我们就走了。赛林的眼泪在眼圈里打转,却始终没有流下来。

忧子听完赛林的故事,不知道该怎么安慰她才好。

赛林看着忧子,替他掖好被子。这个小小的动作,让忧子感到了失去已久的温暖,便撒娇地说,你别难过了,我们肯定能找到阿杰的。在这之前,我不介意你把我当成阿杰。

你?要我把你当成阿杰?想得美呀你。你才代替不了我弟弟呢,哼!

今天要不是你,人家的脸怎么会成这样?你仔细看看。忧子竖起

纤长的手指，指着自己脸上的伤痕说。

拜托，你是不是男人啊，这么点儿伤算什么？想当年我挨打的时候，比你惨多了，我去给谁喊疼呀？赛林摆出一副无关紧要的表情。

好汉不提当年勇。再说了，我是忧子，有名的钢管舞男，我现在成这样，怎么跳舞？怎么赚钱？怎么养活我自己啊？忧子又在撒娇了。

你还害得我从树上摔下来一个月没上课呢！赛林还是不服气。

后来我不是送你去医务室了嘛，你应该谢谢我。

那你要我怎么做嘛？只要你能说出来，我就能做到。

嗯！那就先给我揉揉脚吧！忧子总是爱耍赖。

臭小子我告诉你，论年龄，咱俩一样，你身比我高，体比我重，鞋号比我大，皮肤比我黑，你有没有点同情心呀？赛林说了一长串理由反驳忧子。

算了算了，你什么也别做了，让我安稳睡一觉我就谢谢你了，你可别跑，晚上给我盖被子，对了，你就睡在沙发上吧，将就一下。说完，忧子美滋滋地闭上了眼睛。

赛林一听，笑了笑，无奈地靠在墙上，看着忧子很快地进入了梦乡。

在迷茫的日子里，在迷茫的天空下，

我们一起迷失在酒精的浓度里，

充满幻想与梦境，脱离现实与哀愁。

原来，沉睡在醉意中，也是一种快乐……

——忧

一觉醒来的忧子，睁开蒙眬的双眼，看见赛林斜躺在沙发上睡着。

她的头发很长，乌黑乌黑的，前面的碎发遮着她从不化妆的脸庞，发梢披到背部。赛林喜欢穿纯色的衣服，在她身上从不会看到鲜艳华丽的装束。

忧子正看得出神，突然有人敲门。赛林也睁开了眼睛。忧子穿上睡衣，开门一看，香一笑嘻嘻地站在门口。看见了忧子脸上的伤痕，她吃惊地问，你的脸怎么了？说着进了房间。

当香一看到房间里的赛林时，停下了脚步。立刻联想起昨晚忧子跟赛林说话的景象。

香一转过身问忧子，忧忧，你的朋友我都见过，怎么没见过她呀？你还不介绍一下！

忧子不情愿地对赛林说，这是香一。又对香一说，她是我朋友赛林。

我是他女朋友。香一补充了一句。

那你们聊吧，我也该走了。赛林对忧子说，如果不舒服，今晚就别去了，刚好陪陪女朋友，我走了，拜拜！

赛林走后，忧子坐在沙发上，无聊地看着电视。

香一靠着忧子的肩说，这几天你不要去上班了，好好地陪陪我。说着，打开她的大包，拿出几件衣服说，忧忧你看，这都是我在日本给你挑的衣服，你不是喜欢穿独一无二的服装吗？我保证这些衣服国内不多。

看着这些花哨的衣服，忧子说，你明明知道我喜欢纯色系的衣服，怎么还买这种颜色？这是男人穿的吗？大红色也比这桃红色好！

哎呀！现在都不流行纯色了，花一点才好看嘛。桃红色可是今年

最流行的颜色！

接着，香一又从包里拿出了一个白色的史诺比。

忧子一看，忙抱起史诺比说，这也是你买的？

那是我妈妈给我带的。说着，香一抢过忧子手中的史诺比。

和香一相处，总是那么物质化。在忧子看来，香一是个没有思想的女孩。由于家庭富有，她可以无忧无虑地生活，不必像普通家庭的孩子那样去考虑上学、工作和生计问题。在香一的眼中，忧子是一个完美无缺的男孩，但她全然不了解他的思想和追求。他们是不同类型的人。在某些时候，忧子只有用沉默和谦让来代替一切，他觉得和香一争执是没有必要的，因为他一点也不喜欢她。

晚上，香一驾车和忧子来到 Passion Club。因为香一的朋友也要来这里玩。

他们坐在一间很大的玻璃包间里。香一和朋友们大声嬉笑打闹着。而忧子却心不在焉地坐在一边望着玻璃门外。

小诺依然在卖力地跳着舞。而赛林在圆吧里陪客人们喝着酒。

突然，香一的朋友中一个个头很高的男孩嚣张地说，我见过他，他就是在这儿跳舞的。你们可别小看人家，人家跳的舞种类可多啦，除了我们经常看的钢管秀，到了午夜的时候，他还有一段个人艳舞秀呢，哈哈哈，对不对香一？

那不叫艳舞，午夜那场叫 Table。忧子强调说。

啊？Table？是什么意思？那个男孩搞不懂。

Table 就是桌面舞的意思，Table 属于风情舞里的一种。忧子心里暗暗在想:哼！真无知,连 Table 都不知道是什么意思,还知道来 Disco！

哼！这个我知道,只不过听不懂英文而已,我知道现在的人都喜欢跳风情舞。那个嚣张的男孩狡辩着想挽回自己的面子。

风情舞的种类很多,不是人人都能跳的！说着,忧子轻蔑地瞥了那男孩一眼,扭过头注视着远处正在舞动的小诺。

我家忧忧是这里跳得最好的,你连这个都不知道。香一搂着忧子自豪地说着,也想缓解一下僵硬的局面。

那男孩看着忧子,不知道又在打什么主意。过了一会儿便大笑起来,说,喂,今天你怎么不跳呀？给我们表演一段你所谓的风情舞吧。

忧子看也不看这个总是喜欢挑衅的男孩,干脆地说,今天我休假,不跳舞。

有什么关系嘛,今天这么多朋友都在,去跳一段吧。几个男孩一起说。

是呀,快去吧,我们真的很想看你跳舞。几个女孩也开始起哄。

香一开口了,忧忧,既然大家那么想看,你就去跳一会儿吧,让他们知道你的厉害。香一已经有些醉意了。此时,忧子觉得香一简直是个不可理喻的蠢女人。

给！这是给你的,你去跳,这些钱都归你。那个男孩把厚厚的一叠钞票甩到忧子面前,用命令的语气说。

忧子慢慢回过头来,看了看桌上的钱,又看了看这个男孩,很轻蔑地笑了笑说,我已经说过了,今天我休假,不跳舞。再顺便告诉你,我忧子不缺钱。这点儿钱,你还是自己留着慢慢用吧！说完,忧子站起身,离开了玻璃包间。

男孩站起来又想说点什么，只见忧子已经重重地甩门离去了。

来到赛林身边，忧子情绪很低落，一声不吭。赛林拍了拍忧子的头说，小疯子，你怎么了？

因为忧子的舞蹈极其的奔放，劲暴，而且又是个很情绪化的人，所以赛林和 Disco 的几个朋友就喜欢叫他"疯子"。

忧子看了看赛林说，我心情不好。

为什么！脸上的伤都消肿了，你还心情不好？

忧子低着头，拿了个很大的杯子，将捷克可乐、果汁和冰块倒在一起，大口地喝着。

喂！哪有你这样的，这样会好喝啊？赛林奇怪地问。

忧子点了点头说，我就喜欢这样，要不你也尝尝？

没定性的男人！赛林撇了一句。

忧子坐在赛林身边，仿佛坐在世界最安全的角落里。没有伤害，没有侮辱。

忧子刚刚轻松一会儿，香一和那个给钱的男孩走了过来。

香一见忧子又和赛林在一起，脾气一下就上来了，狠狠地看了赛林一眼，给旁边的男孩说了两句话。于是，男孩给赛林倒了满满一杯酒说，好酒可不能浪费哟！

好呀，来，干了！赛林毫不示弱。

这样的疯女人有什么好的？瞧她喝起酒来简直不要命。香一趁机凑到忧子的耳边说，忧忧，你以后不要跟这些不三不四的人在一起。

赛林一听，瞟了香——眼，没有理会。心想，如果不是看在忧子的面上,我早就给你两巴掌了,让你清醒清醒。

我和我的朋友都是一类人,他们什么样,我就什么样。怎么?哪儿不好了?忧子不紧不慢地问。

你……你……我就是讨厌你和她在一起,我讨厌她。香一又开始无理取闹。

忧子不想理会她,端起自己的"特调"慢慢地喝着。香一顿时脸色铁青。

香一!我们走,这种男人简直不可理喻,放心,他会后悔的。那个男孩拉着气冲冲的香一回了玻璃包间。

女朋友被别人带走了,你还不追?赛林故意试探着问。

你说什么?我追她?下辈子也不可能!

赛林端起酒杯,正准备喝,被忧子一把拉住说,你有病呀?有人的时候喝,没人的时候还喝,你真以为酒是粮食精,越喝越年轻吗?

呵呵,这是职业病,没事就习惯端杯子喝。赛林苦笑着说。

忧子的头又痛得厉害,只好服了两片镇痛药回家睡觉。

不愿回忆往事,可它总是缠绕在我的心头,

想逃避纷争,可它总让我无处躲藏,

就像鬼魔缠身,灾难和恐惧与我时时相伴

我已经陷入大海的旋涡,无法自救!

期待睡死,期待失忆,一切从头开始。

——忧

几天没见雅风的身影,小诺下班后独自来到雅风的住处。

走近门口,传来一阵激烈的琴声。推开虚掩的房门,见雅风正疯狂地弹砸着一个个强烈的音符。

当音乐临近尾声时,雅风一头靠在键盘上,钢琴顿时发出了撕心裂肺的响声。雅风在练琴时,时常做出这样情绪化的举动。

琴上有一只空的 VODKA 酒瓶,地上扔满烟头。

小诺慢慢走到雅风身边,将手轻轻放在他的肩上。

见小诺来了,雅风忙问,你怎么来了?

看见雅风疲倦的神情和布满血丝的双眼,她心里很难过。小诺告诉他,这几天加了场,跳到很晚,忱子女朋友也从日本回来了。

重色轻友的家伙,怪不得这两天不见他。雅风苦笑着说。

雅风给小诺泡茶递烟,两人坐下来聊开了。

我告诉你哦,我发现忱子最近好奇怪,没事就坐在赛林身边看她喝酒。你猜,他们两个会不会在一起啊?小诺像在报告小道消息一样,用她那不标准的普通话说着。

雅风沉思了片刻,迟疑地说,咱们和她交往不深,谁也不了解她,不过从表面看起来,她还挺直爽的,我看忱子眼睛也发光了。这次,咱忱子终于能嫁出去了!说着,雅风笑了。

哈哈!那你准备什么时候把你嫁出去啊?小诺试探着问。

没等雅风开口,咚咚咚!突然传来一阵急促的敲门声。雅风开门,只见忱子憔悴地站在门外。

雅风忙拉忱子进屋,问:忱子,怎么了?

忱子没回答,看来心情很糟的样子。

是不是又想起不愉快的事了? 雅风关心地问。忱子轻轻点了点头。

我真他妈的没出息。说着,忱子点了根烟。

雅风小声地对小诺说,你去给忱子泡杯咖啡。小诺点了点头。

不要老想着过去的事,让回忆折磨自己。你要面对现实,坚强一点。雅风说着,坐到钢琴前,弹起了那首忱子最喜欢听的曲子。那是台湾一位女歌星唱的以钢琴为主的伴奏曲。忱子总是叫不上这首歌的名字,只知道它似乎很柔情,似乎很煽情,似乎很伤情。忱子听着这首悲伤的旋律,疲倦的双眼渐渐合上。雅风看到忱子平静地睡去,心中松了一口气。

他继续弹奏着,仿佛专为梦中的忱子演奏,想让他在梦中也不再有烦恼和忧伤。

小诺也蜷缩在沙发上,困倦地睡去。

这一天,雅风和忱子来到 Disco。嘈杂的声音使忱子刚进门就开始头疼。

雅风继续喝着他钟爱的 VODKA。而忱子却出奇地安静,他坐在吧台边,在一个小时里一句话都没有说。他就是这样一个性格飘忽不定的男孩。有时可以和朋友狂轰乱炸地聊个对时,有时也可以沉默几个小时。

哇! 大红色的,这也是你的吗? 一个犯人拿起一条红色的纱披在

自己身上，可怎么也不知道这纱该如何穿。

这是我跳 Show 穿的。忧子淡淡地说。

这时，忧子在袋子里翻了翻，拉出一条小小的红纱说，这两块才是完整的搭配。

犯人们七嘴八舌地说着一些怪话，什么呀，这也叫衣服，干脆不用穿了。

这时，一个犯人抢过忧子手中的红纱用力撕扯，大笑着说，什么乱七八糟的东西。

忧子像受惊的小马立刻跳了起来，边夺红纱边喊，还给我，还给我。

他看了看表，12 点，正是午夜时分，窗外月光冷冷的，格外悲凉。

相同的时间在生命中无尽地重复着，却再也无法重复那灯火闪耀、鼓声雷动的时刻，再也没有那恣意舞蹈、倾情表演的时光。

曾经的辉煌与笑声早已变成梦里的泪水，在阴郁而苦难的生活里折磨着这个只剩肉体与回忆的小鬼魂，折磨得他慢慢变成一个骇人的、孤独的死鬼魂！

午夜到了。忧子换上了一身红色长纱。

忧子踩着节奏缓慢的鼓点，站在舞台中央，又跳起了性感而奔放的Table。雅风看着忧子柔美的线条和舞姿；看着一个个为忧子如痴如狂的仰慕者，心中一阵感叹：他的精彩是如此的绚丽，他的痛苦却那样的沉重。上帝，我的主，这人生为何如此蹊跷。

忧子跳完舞走到雅风身边。

他在吧台扫了一眼，没有看到赛林，便向小诺询问。

她朝包间那边去了。小诺告诉他说。

雅风听了，朝小诺坏坏地一笑说，小诺，看来咱俩估计的没错，这次真的在劫难逃啦。不仅要解除某人的终极痛苦，还要给某人营造终极关怀呢！

你们就集体翻是非吧，小心我给你俩写一本《钢琴家与舞女的饶舌传》。忧子刚说完，只见香一不知从哪里冲了过来，一下子扑到忧子身上说，忧忧，你不要不理我了，都是我的错，再见不到你，我都快要发疯了。说着，把头埋在忧子怀里。

你看她那骚样子，真受不了。走，小诺，我们吃饭去。雅风带着小诺离开了 Disco。

有些人，在还没付出的时候，

就想到了付出的可怕；

有些人，在付出以后，

还没察觉到自己是在付出。

有些人，为了得到而付出，

常常会患得患失；

有些人，不为一切地付出，

所以心甘情愿。

而我，只为一种感应，所以无怨无悔！

——忧

忧子被香一紧紧地抱着。

你先放开我,听见没有? 忧子有些急了。

这时,赛林路过这里,看到香一抱着忧子不放,心里很不是滋味,急忙走开了。

忧子发现了赛林,一把推开香一追了过去,但赛林已经消失在人群中。

忧子正在四处寻找时,突然看见赛林在一个包间里陪客人喝酒。其中有青哥和那个曾与香一在一起和他斗气的男孩。

忧子的情绪又开始冲动了。他一把推开半掩的门,正准备责问赛林,谁知还没等他开口,赛林上前一把捂住了忧子的嘴,将他拉出了包间。

你又想干什么呀? 赛林紧张地问。

这话应该我来问你才对,你怎么又和他们混在一起? 忧子严厉地反问。

这事你不要管,你根本不了解情况,回头我告诉你,赶快离开这里! 赛林用命令而又央求的口气说。

正说着,香一也跟了过来。她用故意讨好的口吻假惺惺地说,赛林,跟我们走吧,既然你是忧子的朋友,以后也就是我的朋友了。忧子也是为你好嘛!

赛林感到吃惊,晕! 这到底是怎么回事? 我怎么也搞不清楚了。

行了行了,你们快走吧,别影响我和朋友聊天。赛林说完,走进包间,重重地关上了门。

忧子没有办法,只好回到吧台,他想,以赛林的人品,不应该为了金钱而去做失去自尊的事;以她的性格,是不会屈服那个人的。她到底是为什么呢?莫非她有求于他们,而像她这样的女孩又会有什么事需要他们帮助呢?

忧子百思不得其解。

忧忧,你还在想什么啊?她不会有事的,我们去吃饭吧,我好饿。香一为今天自己所做的高姿态感到无比自豪。

你先回家吧,我等一等雅风和小诺,明天我给你打电话。忧子的语气显得柔和多了,也许是因为她刚才宽容的表现,也许是他正在为赛林的表现六神无主。

好吧,那我先走了,等你电话哦!一贯蛮横任性的香一也突然间变得温顺起来,让忧子有些找不着北了,今晚的一切都使他意外,他有些恍惚。

过了一会儿,雅风和小诺吃完饭回到了吧台,而忧子却毫无察觉。此时他仍关心着赛林的安全。怕她又做出些让人出乎意料的事情。

这时,忧子看见青哥和几个男孩走出包间,匆匆离去。

忧子立刻冲进了包间,发现赛林昏倒在沙发上,只见她脸色惨白,口吐白沫,不省人事,忙呼叫着扶起赛林。这时,雅风和小诺也跟了进来。

忧子浑身颤抖,惊恐地说,她死了,她死了,当年我爸爸也像这样!

雅风忙上前从忧子手中接过赛林,对忧子说,你不要紧张,她不会死的,只是昏迷而已。这时,小诺也帮忙扶着赛林。

她怎么会昏迷呢?我们该怎么办呀!忧子还在恐惧地问。

你先别担心,我们马上去医院。雅风回答。

第二天,赛林微微睁开了双眼时,看见雅风和小诺守在身边。

她迷迷糊糊地说,这是谁家呀?怎么装修得跟医院似的?

小姐,这就是医院。雅风冷冷地回答。

昨天晚上,你快把整包 K 粉吸完了你知道吗?你怎么能这样啊?忧子很担心你的。小诺接着说。

赛林一听,露出了尴尬的表情,是吗?我昨晚被他们灌醉了,什么也不知道了。忧子呢?

你还把他当朋友?他劝你的时候为什么你不听?你知道你这样对他的伤害有多大吗?你根本就不了解他的心情,还给他带来这么多的麻烦,你对得起他吗?雅风激动地指责赛林。

他现在在哪儿?赛林焦急地问。

人家整整陪了你一个晚上,刚刚又下楼给你取药去了。雅风回答。

此时,赛林的眼眶里涌出了愧疚的泪水。

我……我……赛林哽咽着说不出话来。

不一会儿,忧子回到了病房,看到赛林醒了,关切地问道,怎么样?还难受吗?

赛林看着忧子疲惫的面孔内疚地说,都怪我不好,忧子,对不起!

不怪你,怪我当时没把你拉走,太危险了,再晚一点,可能就见不到你了!忧子笑了笑,想掩饰自己的心情。

呸呸呸,乌鸦嘴,你咒我呀你?我赛林哪儿像你想的那么脆弱呀,一根指头就推倒,我命可大着呢。赛林含着泪,却开玩笑地说。此时的她只想看忱子笑一笑,让大家都缓解一下紧张而低沉的情绪。

曾经拥有色彩斑斓的快乐;

曾经占领的是短暂的瞬间;

我守护着属于我的每一寸净土,

我放肆地在幸福中撒野。

已经习惯孤单的日子,

命运却让我开始享受生活的滋味。

我的心装不下永恒的孤独,

同样也盛不了失去后的寂寞。　　　　——忧

自从那次看到我爸爸死了的样子,我就没有再感受过那样的恐惧了。忱子沉重地说。

赛林惊讶地问,他……他不在了?

嗯!忱子点了点头继续说,我最后看见他的时候,他和你一样,脸色惨白地躺着,一动不动。我永远都不会忘记那一幕。所以,昨天看到你昏迷的样子,我就想起了他。我怕再也见不到你了。

赛林一听,这才明白了雅风刚才对自己说的那些话。

想到这里,赛林的眼圈更加湿润了。她紧紧拉住了忱子的手,不由得想起了阿杰。或许他也像忱子一样在寻找着爱与被爱的感觉。

忱子靠近赛林,轻轻地抚摸着她的头发说,我只是不想让你受到伤害,因为我怕失去你。以后,只要我在,就不会让你受到伤害!

不会的,你不会失去我的,除非我死了。赛林坚定地说。她没有机会去爱自己的弟弟,此刻,她想把所有的爱都给忱子,因为她知道,忱子需要这样的爱,非常需要。

忱子对父亲死亡的原因闭口不提,赛林虽然很想知道,但怕触及忱子的伤痛,就没有再提。

雅风站在一边,看着这一切,便拉着小诺悄悄离开了病房。

雅风回到家里,独自坐在钢琴前。不一会儿,这个只有月光陪伴的房间里,又响起了激荡、优美的琴声,时而轻柔舒缓,时而强劲有力。这是一首忱子最喜欢却叫不上名字的曲子,雅风淋漓尽致地演绎着此时跌宕起伏的心情,每一个音符都能让人魂断梦销,此时此刻,这琴声穿过窗户随风飘去,向人们诉说着无法言表的苦闷;这琴声随风飘去,仿佛要让人们感受到他的召唤和慰藉。更希望忱子听到他的心音,因为忱子不仅率真正直,而且身世悲怜,他们从小一起长大,既是朋友,又是兄弟,更是患难中的挚友。

这首忱子最喜欢的、却叫不上名字的曲子,回荡在这个清冷的房间里。

那一晚,雅风是在悲壮的琴声和浓郁的烟酒中度过的。他喝了很多酒。他认为,醉入梦中是最好的解脱!原来,雅风生活看似很自由而内心却很压抑。他家境富有,但精神彷徨,他是一个性情中人,很情绪化,每当心理找不到平衡时,钢琴就是调节心情的工具,弹琴是他发泄内心苦闷的最佳方式。

在住院的三天里,赛林向忱子讲述了事情的经过:

妈妈生病后,我就开始做酒水推广,跑过很多酒吧。后来认识了青哥。他经常在我手上买酒,出手很大方。慢慢地,他对我有所了解。当时妈妈手术,急需一笔钱。是青哥帮了我。可是钱花完了,妈妈还是死了。我现在只想把身上的债还清。赛林平静地说。

所以你要进包间陪青哥喝酒,他们让你吸整包的 K 粉你也愿意?忱子质问着赛林。

我当时已经晕得差不多了,再加上青哥身边的那个男孩,仗着青哥的势不停灌我。至于 K 粉的事,我自己都不知道。赛林气愤地说。

哼!以后只要有我在,你就不许进包间,给我老老实实呆在吧台。忱子命令似的说。

呦!得了吧,你还想保护我呢?就凭你那一尺九的小腰呀?赛林总是喜欢讥笑忱子,想让忱子变成驯服的孩子。

赛林出院后的第二天晚上。

忱子刚走进 Passion Club,就看见了赛林。心里很不高兴,你才出院,还不在家休息,想死呀你?

怕什么,能出院就证明没事啦,我才没那么娇气呢。赛林毫不在乎地玩着色子。

忱子无奈地摇了摇头撇了句,简直不是女人,便直奔换衣间了。等他出来的时候,看见小诺和雅风坐在吧台。

雅风,看我这身行头怎么样?新做的。忱子来到雅风面前问。

忧子的演出服全部是按自己的设计定做的,这也是他和其他 Dancer 不同的地方。

雅风笑着说,怎么想到穿校服上阵了?想玩"制服诱惑"呀?

忧子看了看自己的衣服:一件海军领,露脐的黑色小短装,一条白色大领带,还有一件黑色紧身四角裤,脚上蹬着一双黑色厚底靴。

校服虽是清纯的感觉,穿在忧子身上,便又多了一种诱人的美和别样的时尚。

上台前,忧子将纯净水倒在手上,然后双手不停地拨弄着头上凌乱的黄色小卷毛,在闪烁的灯光下,微湿的头发在聚光灯下闪闪地发光。

紧接着,就在忧子上台的那一刻,立即引来了沸腾的欢呼声和无数爱慕的眼光。忧子站在最高处,俯视着台下的人群。他跟着节奏做了一个独特而自如的甩头动作,立即引来一阵尖叫声。

啊!忧子隐约听到了赛林的声音,回头一看,见赛林冲着他大喊,浇什么水?你以为你是花呀?水都跑到我头上了!

顿时,忧子大笑起来,舞姿更加动感、帅气!

赛林依然仗着她抱起酒瓶就不怕死的气势应付着形形色色的客人。

过去我最怕喝酒,因为酒醉的感觉很难受。现在我最怕喝不完酒,有人喝的慢,我帮他喝快点;有人喝的少,我帮他多喝点。总之一句话,喝得越多卖得越好。赛林曾对忧子这样说。

你爱他吗?雅风走到赛林身边问。

赛林莫名其妙地看着雅风说,你说啥?我听不懂!

我问你是不是爱上忱子了？雅风补充了一句。

当赛林听懂这个奇怪的问题后，故意将声音变得很嗲，笑嘻嘻地说，那是我俩的事儿，为什么一定要告诉你呀？

雅风不屑一顾地说，我随便问问，不想说就算了。

哈哈哈哈，你是不是很想知道？赛林趴到雅风耳边，神秘地问。

雅风只顾喝酒，不想理会。

赛林点了根烟，跟着舞曲扭动起她美丽的线条，也不再搭理雅风。

突然，雅风一把拉住赛林的胳膊认真地说，我不希望我的朋友再受到任何伤害了。我跟他从小一起长大，我最了解他了，他很脆弱，也很重感情。

忱子有你这样的朋友，真是福气。你对友情的责任感这么强，现在，像这样的朋友太难找啦，小女子真是羡慕得一塌糊涂！赛林抑扬顿挫地说，表情好像演员一样，认真，诙谐。

赛林说的对，她理解了我一直以来对忱子的担心和保护，也许这是最恰当的词了。就是这样的责任，让我们互相关心着对方，这是一种无私的付出。

雅风常想，也许自己很肤浅，也许人性的弱点太多，自以为是个脱俗的现代青年，可庸俗、虚荣、傲慢、偏见等人的本性依然遍布全身。雅风思索着人性问题，思索着自己是否能帮忱子得到幸福。

青春尚存的这一刻，

我辉煌在这小小的舞台，

青春流失的未来，

我高高地扬起生命的风帆。

钟声是人生的定数，自然之轨，

当时间的狂风追溯着尘土飞扬时，

我的光彩像流星飞逝，一去不返！

——忧

　　两天后的一个下午，赛林正沉睡在美梦之中，却被一阵讨厌的手机铃声吵醒了。

　　赛林摸起手机，正想发火。

　　手机里传来忧子的声音，懒虫，快起床！

　　这世道怎么睡觉也有人管呀？还有没有人权了？赛林不满地说。

　　我有急事找你，真的，赶快出来！忧子心急如焚地说，我在时代广场门口等你，快点，现在就出发哦。

　　赛林无奈地爬了起来，连头也没顾上梳就直奔目的地。

　　一路上，赛林接到忧子好几个电话催促。

　　见到忧子赛林忙问，什么事十万火急的？打119呀你？

　　你不是说马上到吗？怎么总也到不了？忧子问。

　　赛林忙说，那也不怪我呀，没马我怎么上？一句话堵得忧子说不出话来。

午

夜

天

使

只见忧子笑嘻嘻地说，陪我买件衣服，没衣服穿了。

这芝麻大点的事就把你急成这样？没衣服？你身上披的是啥玩意儿？衣服最多的是你，喊叫没衣服穿的也是你，你有病呀？早知道是为了这事，我根本不会睁眼睛。从小就知道你是个骗子，真没说错！赛林后悔地说。

买完衣服，赛林和忧子穿过闹市的一个小巷子，来到一个叫AdplePub的小酒吧。

一进门，忧子向吧台的男孩打了个招呼。

那男孩是这里的小老板，头型专门做得像鸡窝，不过，和他俊俏的五官搭配起来倒显得挺精神。他一身哈韩打扮，活像韩国的安七炫。

酒吧地方不大，但感觉很好。众多的黄色小射灯给酒吧衬托了一种昏黄的色调。

墙壁上的画是酒吧的一景。

在凡·高的那幅《向日葵》上，还可看到作者的题词：我是圣灵，我有健康的心灵！

赛林被墙上的画所吸引，站在那里仰头看着。

这幅列宾的作品《音乐家穆索尔斯基》和旁边那架钢琴都是雅风选购来的，感觉不错吧？忧子告诉赛林这幅画的来历。

这里也有库尔贝的作品《浴女》呀！我最喜欢这个画家。他曾说过，荣誉不在于一枚勋章。我绝对赞成。赛林看着库尔贝的画给忧子说。

哈哈！这句话用在我身上最合适了！忧子说。

两人大笑起来。

酒吧的长吧台是木本色,富有乡村情调。坐在里面,就让人有种想听 Jazz 的感觉。

忧子和赛林坐在靠角落的桌子。

看在你陪我逛街的份上,今天我请客,想喝什么? 忧子对赛林说。

喝酒呀! 这还用问? 赛林脱口而出。

你就别往那想,打死我也不会请你喝酒。一瓶酒那么贵,我天天没命地跳,那钱赚得容易呀?

事态炎凉喽! 我也明白了,咱俩这海枯石烂、至死不渝的友情要是现在称斤往出卖,还不够一瓶酒的价呢! 赛林调侃地说。

那要看是什么酒了,路易十三你买得起吗? 忧子反问道。

咱俩的感情能跟路易十三比吗? 那可差远了! 赛林不服气地说。

忧子说不过赛林,只好自作主张给她要了杯特调果汁。

一个说话煽情、挑逗,一个谈吐幽默、风趣,两个人碰到一起总有说不完的话题。

赛林看着吧台里的那个年轻老板对忧子说,嘘,嘘,你看那个男的,怎么总是往咱们这边看?

忧子头也没回就说,还用问,看见美女了呗!

话音刚落,那个年轻老板来到了忧子面前说,终于肯把女朋友带来了!

她……不是我女朋友,这是我伙计! 忧子解释说。

他女朋友是香一！赛林补了一句对年轻老板说，我看你也挺哈日的嘛！

我这身装束可是今年韩国最流行的。年轻老板说。

管他"哈"哪儿，都是"哈"嘛！赛林有理地说。

年轻老板笑着点了点头。当他知道这不是忧子的女朋友后，眼睛一亮说，还想喝什么，随便，今天我请。

忧子一听，狠狠瞪了男孩一眼说，你这店里要是不进男人，你不赔死了吗？

过了一会儿，雅风和小诺也一起来到酒吧。只听年轻老板对着雅风叫了声"哥"。

原来，这个年轻老板叫雅云，是雅风的亲弟弟。

雅风一来，就命令雅云开瓶 VODKA。雅云虽不情愿，但也只好照办。

赛林和忧子童心未泯，碰到一起就免不了打打闹闹，追来追去。

雅风一看，坐到角落里的钢琴前，无聊地弹着琴。

小诺坐在雅风的身边，用爱慕的眼光看着雅风。

这时，进来一个女人，雅云忙迎上去招呼。

那女人说，我找个人。便走到每张桌子看看，还在他们的桌子旁停留了片刻，然后匆忙向外走。

当那女人刚要出门时，赛林一个箭步上去，抓住了她。

女人慌张地喊叫，干什么？干什么？

正当大家纳闷的时候,赛林狠狠揪住女人的领口说,你没长眼睛呀? 也不看看这是什么地方!

大家围了上去。

女人毫不示弱地说,你放开我,我不在这喝酒你还逼我呀?

赛林一听,更加恼火了,看来不打,你是不会招的!

女人不吭气了。

大小姐呀,到底怎么了? 雅云问赛林。

赛林没理会雅云,继续对女人说,老实交出来,啥事都没有,要不,剁了你的手!

女人满脸通红,口气软了下来,小姑娘,咱有事好好说嘛,还给你还不行?

女人看看周围,低下头,从包里拿出了一部手机放在吧台上,急忙溜了出去。

喂! 跑什么呀跑? 赛林还不解气地喊了一句。

忱子一看,原来那女人偷了自己的手机,连连夸奖赛林是火眼金睛,要不然就让那妖孽掠走 2000 多块。通过这件事情,忱子看到了赛林的精明细致和果断勇敢。

你这个笨蛋,连个手机都看不住,说不定哪会儿把你自己都给丢了,我们怎么找你呀? 赛林继续说,你看人家一个女人手脚多麻利,偷得快,跑得更快!

怎么? 如果是你,难道你不跑,等着挨打呀? 忱子反问赛林。

要是我有你那把 LanbooII 陆战刀就好了,非剁了她不可。赛林说着,一手搭在了忱子肩上。

这时,忧子自豪地拔出腰间的陆战刀说,别看这 LanbooII 挺厉害,带在我身上根本没用。

雅风品了一口 VODKA 问,怎么?你会玩空手道?

什么空手道?现在谁玩那个呀?我有我的!忧子得意地说。

什么绝招?说来听听。雅风更奇怪了。

很简单,向敌人相反的方向加速奔跑!忧子向大家讲解了他所谓的"忧忧绝招"。

刚说完,雅风和雅云都忍不住大笑起来。

你别笑,没有一定的胆量、体力和速度,还真做不到呢!忧子的理由更加充分。

话音刚落,只见赛林大笑着说,不如直接说"逃跑绝招"算了。

忧子、赛林和小诺走后,雅云不停地向雅风追问着关于赛林的情况。

雅风不耐烦地说,想知道就自己去问,别打扰我练琴。

碎梦般的时光,

拼凑起我们点点滴滴的青春,

在清澈而欢快的笑声中忘记了一切,

忘记了忧愁的漫长,

忘记了快乐的短暂;

也忘记了生死轮回的传说,

更忘记了为寻梦付出的眼泪早已流成河!

——忧

雅风是学院里键盘系的顶尖学生,有资格举办了一场个人音乐会。在音乐会上,特邀忧子、赛林和小诺在前排助阵。雅风挺着高傲的身躯,在舞台上挥洒自如,全场观众鸦雀无声,都被这激昂而优美的琴声所吸引。

历次学生开音乐会,表演者都是西装革履,严肃认真。而雅风却穿了一身休闲装,黑色的牛仔裤和黑色宽松线衣,既得体又洒脱,长长的头发半遮着他俊秀清雅的脸。更能从琴声中听到那豪迈的激情和青春的活力,一派"音乐王子"气概。

最后一首曲子,雅风坐在黑色三角钢琴前,用他那温柔的嗓音说,每当凌晨时分,我都会弹起这首曲子,这曲子代表了我的心。今天,我要再次把它献给我所有的朋友。就算今后我们各奔天涯,无法相见,我们的心会永远连在一起的,永不分开!

说完,雅风平静地向台下望了一遍。他看着坐在前排的忧子、赛林和小诺,看着他们闪烁的眼光,看着他们祝福和企盼的眼神凝视着自己,雅风顿时信心百倍,露出了幸福的笑容。

那是一首 F 小调《肖邦第二钢琴协奏曲》,在强劲的乐队伴奏声中,雅风闭着双眼,让灵魂融入到音乐中,将感情注入到键盘里。乐曲舒缓轻柔,田园风情,时而像牧童的笛声,时而像潺潺流水,时而有如微风轻轻吹动,时而有如树叶舞蹈着飘落而下。这种蜿蜒而流畅的旋律让人感受到其中无尽的浪漫与美妙。突然,琴声开始发狂,雅风的情绪也跟着冲动起来。无数个音符同时起落,如暴风骤雨来临,天摇地动,海浪汹涌,砸出了流星雨般悲怆的旋律。

雅风以前总是为我弹这首曲子。忱子得意地说。

赛林说，你知道吗，《肖邦第二钢琴协奏曲》是肖邦在十八九岁的时候，为他爱慕已久的声乐系女高音同学而写的。他一直暗恋着这个女孩，却从未表露过。直到肖邦去巴黎深造之前，他把这懵懵懂懂的单恋爱情写成了一首曲子，献给了这个女孩。从此，他的爱随他离去，被永久地埋葬在心里。

听完赛林的这番话，忱子略有所思，忙问赛林，你怎么知道？

因为我爱看书呀，我们家书很多，什么种类的都有，这是我在书上看到的。赛林说着，眼中流露出高人一头的样子。

忱子会意地笑了笑，继续注视着雅风。

音乐会成功地结束了。雅风和忱子、赛林、小诺来到了雅云的酒吧，准备欢聚一番。

雅云见哥哥来了，忙打开一瓶名贵的 Stolichnaya（苏联红牌：俄罗斯伏特加的一种）。大家举起酒杯向雅风表示祝贺，每个人都笑得跟朵花似的。

那一晚，赛林和雅风都喝醉了。雅风拉着赛林的手说，你一定要好好爱忱子，他需要你的爱，非常需要！

而赛林也醉醺醺地说，你别乱制造绯闻，我们可是哥们儿！

其实两人都不清楚自己在说什么。

忱子叫赛林别喝了，赛林却一把抱住忱子，泪流满面地说，如果有一天，我不能在你身边了，你可要好好照顾自己，知道吗？

说什么呀你？此刻，忱子的心颤抖着，鼻子突然一酸，眼睛潮湿了。

我一定要把这句话告诉你，以前，我没有来得及告诉阿杰，我真后悔。

第二天下午，当赛林醒来时，发现自己躺在忱子的床上，坐起来一看，忱子正在床边的沙发上熟睡。为了不打扰他，她坐在床上环视着四周的一切，无意中发现床边的墙壁上，留下了一些熟悉的字迹，上面写着：上帝告诉我，爱是一种感恩，别无所求的感恩！下面又写：如果有来生，我希望自己变成一个石头！旁边还有：有谁能将我唤醒，让我不要总在清晨来临时睡去，因为我怕再也无法感受阳光带给我的温暖！

看着这些意味深长且又忧郁伤感的文字，赛林心想：自己一直认为忱子是个活泼、洒脱的男孩，却不知他的内心是这样的悲伤和孤寂，他不愿向别人表露，而常常用吟诗写字来表达，这里面一定有他鲜为人知的故事。

忱子睁开眼睛，迷惘地看着赛林说，你昨天又……

没等忱子说完，赛林忙接话，唉！昨天我稍不注意就又喝多了，不过挺开心的，不像上班时候的那种喝法，昨天可是自愿的！

只要是喝酒，你有过自愿吗？忱子不满地说。

赛林见忱子还在生气，便凑过去窝在沙发上说，其实，不管愿意还是不愿意，只要能开开心心的，我就满足了。

忱子说，我觉得挺奇怪，到现在为止，我还从来没见过你的一个朋友呢。难道你就没有朋友吗？

赛林回忆说，我曾经有过许多和我一起开心一起流泪的姐妹们，那个时候，我们不论走到哪儿，都是一大帮人。大家就像亲姐妹一样，真的是有福一起享，有难一起扛。

现在呢？忱子问。

赛林苦笑了一下说，光阴如梭，人的变化像大自然的变化一样不可逆转，任何外来的力量都是不可抗拒的。我以为我们的友情会天长地久，没想到在以后的几年里，通过一些事情，队伍发生分化，我们由大部队变为小部队，又由小部队淘汰到几个人，最后终于从几个人变成了两个人，就是我和卓琪。我俩从小在一起长大的，在幼儿园的时候，她被男孩儿欺负，我就替她去打人家。直到中学，卓琪像小妹妹一样总是跟在我身后，她很瘦弱，是个窈窈淑女。只要有人欺负她，我就出头帮她，也受过不少伤，但我总觉得这样做很值得。

呵呵，那有机会我可要见见你的死党！忱子又在开玩笑。

唉，现在她有了男朋友，我们在一起的时间少了，只能通通电话。不过感情还和以前一样，一点都没变。想想看，交男朋友也是需要时间的，更何况正处在热乎劲儿上。她呀，这么大闺女了，也需要有个男人了……赛林像要嫁女的母亲一样，兴奋地说个没完。

小诺扶着迷迷糊糊的雅风回到家。

看着雅风熟睡的样子，小诺轻轻抚摸着他的脸，心里甜滋滋的：我确定，我要寻找的王子就是你！

小诺慢慢靠近了雅风，她闭起了双眼，在雅风的面颊上轻轻地留下了一个吻。

清晨,雅风睁开眼,看见身边的小诺双眼充满了血丝,疲惫不堪。

雅风晕沉沉地问小诺,你怎么没回家?

你昨天喝醉了,留你一个人在家,我不放心。小诺轻声说。

忧子和赛林呢?雅风问。

赛林也喝醉了,他们一起回去了。小诺回答。

雅风点起了一根烟说,不知道他俩怎么样了。

第二天,在 Passion Club 里,小诺看着忧子除了跳舞,就是坐在赛林身边,一肚子的抱怨涌上心头。她把忧子拉到一边,埋怨地说,你怎么一天光想着赛林呀,心里还有没有我们这些朋友了?

说什么呢?我又怎么了?忧子莫名其妙。

雅风昨晚喝了那么多酒,现在还在家难受呢,一天都没吃饭,只有我守在他身边,也不见你的人,连电话也没有一个。小诺生气地说。

忧子一听,焦急地反问,啊?那你白天干什么去了?怎么早不给我打电话,现在才说?

我不是说了,一整天都陪着雅风,哪有空给你打电话?

哎呀!有你陪着,我还担心什么呀?我给你们创造了这么好的二人世界,你不好好谢谢我,反而埋怨我?那我以后保证在你们中间做一个闪闪发亮的电灯泡,到时候你可别后悔!忧子虽然开着玩笑,其实非常担心雅风。因为只有他知道,雅风是个多愁善感的男孩,他经常会莫名地伤感,而这种忧郁的情感也是雅风身上一种独特的情调。

忧子刚跳完午夜一场秀,便急忙收拾起东西直奔雅风家。

推开雅风家的门,雅风依然坐在钢琴前,疯狂地弹奏着斯克里亚宾的那首充满悲愤情绪的《练习曲 OP42·之五》。不时地迸发出沉闷、阴郁、强烈到快要崩溃的音符。

雅风!忧子轻叫着走到雅风身边。

琴声停下了,雅风回头看着忧子。

忧子见雅风面容憔悴,脸色苍白,深深的惆怅笼罩着他清澈的瞳仁,像被尘封的千年峡谷。曾经温暖得可以融化北极冰雪的目光早已荡然无存,不知那温情此刻已漂流在何处。

忧子看着雅风失落的神情,不解地问,雅风,你怎么了?

雅风勉强地笑了笑说,没什么,我是因为太开心了。我将要实现我的梦想,我将要感受成功的喜悦,我将要得到应有的荣誉,可是,我也正在被生活抛弃……他似乎还想说什么。

忧子坐下来慢慢地说,你曾经告诉我要学会创造快乐,我做到了。我现在很开心,不再想一些烦恼的事,每时每刻都很快乐,即使明天我要离开这个世界,今天,我还是会开心地生活。

忧子,我看到了你现在的幸福,你真的爱她吗?雅风关心地问。

忧子愣了一下说,我没有付出过真正的爱,所以没有爱的感觉!

你自己没有察觉,但在你的脸上已经表现得很清楚了。雅风笑了。

什么呀,我就没把她当女人,就像哥们儿一样,哪来的爱情?忧子坦白地说。

雅风摇了摇头,撇嘴笑了笑,双手又放回了键盘……

忧子走后,赛林无心地陪着客人喝酒、玩色子。

让开让开，一边儿玩去！一个男孩霸道地赶走了赛林的客人，一屁股坐在赛林面前。

赛林抬头一看，是那个曾经跟着青哥害自己 K 药的男孩，香一的朋友。

他一头短发，鬓角稍卷，男人味十足。两只色眯眯的眼睛直盯着赛林的脸。

当赛林与他对视的瞬间，突然心里暗吃一惊，这双眼睛似曾相识呀，是爸爸的眼睛？是妈妈的眼睛？是自己的眼睛？还是记忆中那一双含着委屈与惊恐的眼睛？

赛林很快阻止了自己这种感觉，经验教训告诉她，在这种场合不能有任何感情用事。心想：这小子今天又想搞什么名堂？不过看在他蛮有钱的份上，不能便宜了他！

于是，赛林佯装笑脸说，帅哥来啦，欢迎欢迎！

今天，我可是专门来找你喝酒的！男孩挑衅地说。

赛林笑嘻嘻地说，那太好了，今天我可要舍命陪君子啦！想喝什么酒呀？心里盘算着：上次你把我害惨了，今天非喝死你不可！

先来瓶……Salty Dog（咸狗）。男孩想了想说。

赛林给两个小杯子里各倒了多半杯酒，兑了西柚汁，又在杯口抹上一圈盐。

两人都端起酒杯，一口喝完。

男孩十分过瘾，高兴地说，好，真爽快，我叫杰克，美女你呢？

哈！赛林忍不住一笑说，我叫丹尼！说着，两个杯子又盛满了酒。

丹尼？哈哈！连名字都这么般配，我就是因为喜欢喝那酒才叫这名字的,你呢? 杰克嬉皮笑脸地说。

真是巧哦,你姐姐我对 Jack Daniels 也情有独钟,喝那玩意儿从来没醉过,由此封号。

那酒度数低,没意思。要喝,咱今天就喝 VODKA！怎么样? 杰克说。

不就 50 度的酒嘛,你姐姐我今天就让你见识见识,你可别怪我把你放倒哦! 赛林一点也不示弱。

喝完一瓶 VODKA,杰克感到了明显的醉意,却还喊叫着,继续喝,继续喝! 说着又要了一瓶。

赛林暗自琢磨:看来这小子还真能喝,这样下去可不行。她脑筋一动,在杰克去洗手间的时候,让旁边的同事给自己倒了一杯红酒和一杯啤酒,藏在吧台里,同时给杰克的酒杯里加了半杯的法国干红。

杰克一回来,又兴致勃勃地举起酒杯说,老规矩,干了!

就这样,赛林一会儿偷偷给他加红酒,一会儿又偷偷兑啤酒。

这味道……怎么……怎么怪怪的? 几杯下肚,杰克说话开始含糊不清。

我怎么不觉得? 赛林回答。

你……你真漂亮……真……真的,像……我……我姐姐! 杰克话音刚落,就倒在了吧台下。

赛林非常得意:上次你跟青哥合伙害我 K 药,我还没找你算账呢,这回可是你自找的,哼!

这晚,赛林虽然报复了杰克,可回到家后,自己也醉得不成样子,一头栽在床上睡着了。

一天,赛林站在吧台等待客人买酒。

因为不是周末,外面还下着小雨,客人特别少,吧台几乎没有人。

无意间,赛林隐约看到角落里一个高个子男生将一个小纸包悄悄塞到一个女孩手里,女孩又快速地给了他几张钞票。

赛林仔细一看,那高个男生是杰克。难怪他这么有钱,原来是个卖K粉的,早就看出来他是个人渣了!

忱子从领舞台上下来,拿了两瓶可乐,递给赛林一瓶。

未成年才喝这呢,我不要! 赛林笑嘻嘻地说。

忱子将可乐倒在两个杯子里,一边加冰块一边笑着说,我知道你喜欢喝酒,但今天没有客人,你就不要喝了。其实可乐也挺好喝的,颜色和 Jack Daniels 还挺像,你就当它是酒吧。说完,忱子一口气喝了下去,一脸很爽的表情。

喝不喝酒用不着你管。没人请,我自己买总可以吧? 赛林总是爱嘴硬。

看着忱子满头的汗珠,赛林拿出餐巾纸替忱子擦着汗说,你参加泼水节去啦? 赛林借机凑在忱子耳边说,那个杰克,我刚才看到他卖K粉,怎么办? 要不要打110? 忱子沉思了一下说,得找个没有人的地方打。哎,你看清了吗?

看清了，没错。赛林说着，拿出了手机，向四周扫了一眼。

不好，他过来了。忱子说。

这时，杰克不知什么时候已坐到了赛林面前，美女，我又来了，有没有想我呀？

忱子一看，反感地把头扭到一边。

当然想啦，想你今天买什么酒给我喝呢！赛林回答。

上次你给我调的酒让我吐了一晚上，今天，我准备给你调两杯，让你也尝尝！杰克说。

谁给你调了？自己酒量有限，怪得了别人吗？赛林说。

这时，杰克看到忱子在一旁沉着脸，便冲着忱子怪笑。

忱子斜着眼睛，从上到下把杰克瞟了一眼，继续喝着可乐。

哎呀！你的身材可真好呀。我发现，你穿的越少就越有味道哦！杰克指着忱子说完，哈哈大笑。

只听"啪"的一声，赛林把色盅用力砸在吧台上，眼睛瞪着杰克说，滚！少在这污染空气。

你以为你是谁啊？整天抱着根钢管儿扭啊扭的，比娘们儿还娘们儿！杰克的话更难听。

忱子听了火冒三丈。他抡起酒瓶就朝杰克砸过去，杰克立刻用胳膊挡住。忱子踩上吧台，用脚猛踹杰克。杰克也四处找酒瓶，赛林一看，急忙将吧台上的酒瓶全部收了起来，然后，不停地将荧光棒砸向杰克。

两人正在厮打中，被赶过来的几个保安拉开了。杰克被忱子踹了

几脚,而忧子却没事,杰克气得狠狠瞪着忧子,咬牙切齿地说,你给我等着!

赛林看着杰克狼狈不堪的样子凑向他耳边说,蚊虫招扇打,只为嘴伤人!有点钱也别那么嚣张嘛,想想钱是怎么来的,做人还是低调一点好,不然会吃亏的。

杰克不再说什么,悄无声息地走了。

下班后,赛林和忧子准备去吃点东西,也为今天扁了杰克一顿而高兴。

刚走到巷子口,几个人堵住了他俩。

赛林害怕地问忧子,是堵我们的吧?

那还用说!忧子果断地说。

只见杰克带着几个人走了过来。忧子一看情况不妙,拉着赛林就跑。

杰克在他们后边拼命地追,忧子紧紧拉着赛林的手拼命地跑。结果还是被他们抓住了。

两个人把忧子按在墙上,赛林也被人扭着。

杰克来到赛林面前说,我发现你越来越可爱哦,美人儿!说着,伸手想摸赛林的脸。

赛林冲着杰克喊道,敢做就敢当,叫这么多人来,算什么本事? 今天我俩要出点什么事,你也跑不了!

杰克"哼"了一声,转身来到忧子面前。

他先摸了摸自己受伤的胳膊,突然一拳打在忧子脸上。紧接着,旁边的人也上去帮着打。

赛林挣扎着大喊,不许打他,自己打不过就叫人,你是不是男人呀你?

杰克停了下来。这时的忧子已经满身是伤了。

赛林心疼地看着忧子喊道,忧子?忧子你怎么样了?忧子!

忧子喘着粗气摇了摇头,嘴角还在流着血。

杰克看着赛林说,你心疼啦?他不就是个跳艳舞的吗?哎!你怎么会喜欢这种人?

跳艳舞怎么了?跳艳舞又不害人,总比你卖药强!害人害己,早晚有一天会遭报应的。赛林揭露了杰克。

杰克顿时惊了一下,停了片刻,又若无其事地说,看来你挺关心我的嘛!那我也应该关心关心你了!杰克抱住赛林在她脸上乱吻!

赛林边喊边极力躲避杰克那令她恶心的嘴唇。

杰克看着赛林大大的眼睛和白皙的皮肤,早已压抑不住心中的冲动,开始动手动脚。

赛林急了,警告杰克,滚开!今天你要是敢碰我一下,我就跟你拼了!

杰克一听,笑了笑说,温柔的,性感的,淑女的,可爱的,我都玩过了,就是没玩过你这种冷艳的。说完,杰克一把扯开赛林的衣服。

赛林大喊了一声,眼泪立刻流了下来,忧子!忧子!救救我!救命呀!

忧子急得拼命挣扎,大骂着,杰克我操你妈,你给我放手!

赛林的衣服扣子掉了一地，黑色裹胸露了出来。

杰克看着赛林充满魅力的身材，更按捺不住胸中的欲火，抱着赛林，狂吻她的脸、颈和肩膀，赛林嘶哑地哭喊着。

在杰克像只饿狼一样扑在赛林身上时，突然感到脖子上架着一把冷冰冰的刀。

杰克扭头一看，忱子正站在他身后。

原来，正当杰克抱着赛林的时候，忱子急得要与他们拼命。一人拼命，百夫难当，杰克手下的人见状松开了手，忱子乘机抽出随身带的那把 LanbooII，冲向杰克。

见刀架在脖子上，杰克一点都不敢动了，慌忙放开了赛林。

忱子一拳打在杰克脸上，说，你这个畜生！接着，又狠狠打了几拳。

赛林也上前，使出全身的力气，朝杰克的下身踢过去。杰克疼得大喊一声，捂着自己的下身，跪倒在地。忱子拉着赛林就跑。

他们跑到一个巷子里停了下来，忱子脱下自己的衣服给赛林穿上说，对不起，都是我连累了你。

赛林低头抹着泪水说，怎么能怪你呢？你身上这么多伤，我们快回去吧。赛林扶着忱子，向忱子家走去。

走到离家不远的地方，已经快凌晨了，街上几乎没有人。只见一辆快捷货运车停在路边，从车里扔出来两个人，车急忙开走了。

赛林和忱子互相看了看，走上前去，想看个究竟。

刚一靠近,赛林惊讶地说,忱子你看,怎么是杰克?刚才不是还好好的吗?

这不奇怪,恶有恶报,像他这种人,早晚横死街头,活该!忱子气愤地说。

这时,杰克突然声音微弱地咳嗽了一声,只见他的头部流着血,身上也有几处刀伤。

杰克轻声地呻吟着,他费力挪动着受伤的胳膊和腿,当他发现身边有人时,用微弱的声音说,救救我……救命……救命啊!说完,又昏了过去。

被扔到一边的那个男孩也是满身的伤,一边哭一边喊着,杰克,杰克,你醒醒呀!

看到这种情形,赛林和忱子不知所措了。

求求你们,帮帮我,送我们去医院吧,再耽搁,他就没命了。求求你们了!男孩挣扎着跪在地上乞求。

赛林看了看这个可怜的男孩,又看着忱子,问,怎么办?

忱子犹豫了片刻,叹了口气,上前扶起杰克,背着他向附近的医院走去。

回到家后,忱子和赛林都筋疲力尽地躺在沙发上。

唉!今天的事,都是因为我太冲动,如果在 Disco 里不打那一架,就不会发生这种事!忱子看着赛林,心里非常内疚。

沉默了一会儿,赛林进了卫生间,拿来湿毛巾替忱子轻轻擦去脸上

的灰尘和伤痕,心痛地说,你看你,被打成这个样子,明天怎么上台呀?

忧子看着赛林红肿的眼睛,感受到她体贴入微的关爱之情,露出了欣慰的笑容。

杰克那样对我们,我们还救他,你说,在这个世界上,还会有像我们这样的好心人吗?赛林问忧子。

他被人砍成这个样子,他的朋友又跪着求我们,我们总不能见死不救吧!

听了忧子的话,赛林似乎明白了一个道理。原来,在我们生存的环境里,只有在人与人的矛盾冲突中,才能表现出人的高尚与低贱,善良与丑恶。

这时,忧子站起身,想给赛林倒杯水。刚一伸手,却发出"啊"的一声,随着忧子的叫声,玻璃杯掉在地上。忧子左手急忙扶住右胳膊,露出疼痛的表情。

怎么了?快让我看看!赛林急忙走过来。

没事!可能是刚才扭了。忧子慢慢坐下来。

你先躺着吧,我去弄点吃的,还说今天要好好吃一顿呢,果然美美地吃了一顿拳头,唉!说着,赛林走进厨房。

啊!忧子又叫起来,这是怎么了,怎么一动就疼啊?

赛林跑过来焦急地问,是不是骨折了?

疼死我了,那些人真他妈的混蛋。忧子疼得满头大汗。

我以前胳膊也脱臼过,让我看看你是不是脱臼了。说着,赛林要拉忧子的胳膊。

你别动,你千万别动! 忧子急忙用手护住受伤的胳膊。

那你就忍着别喊叫了,你一喊叫我的心就会疼。赛林去给忧子煮泡面。

在这柔情的岁月里,我们的笑声压过海浪,

千年积雪也被彼此相对的气息所融化。

无数个星光灿烂的夜晚,

无数个被美梦掩盖的白昼,

我们如青烟缥缈在这个混沌的世界里,

却只有心中的爱是五彩缤纷的,

这是一生中最美的画卷;一生中最幸福的歌声!

——忧

忧子终于静静地睡了,赛林替他盖好被子,又在柜子里收拾了几件衣服放进包里,怕万一是骨折,就需要住院。

赛林,赛林? 忧子把赛林从睡梦中叫醒后说,我实在受不了了。

赛林看了看表说,天快亮了,我们去医院吧!

你帮我带点衣服,恐怕要住院。忧子又补充说,对了,还有桌上的巧克力,卫生间里的香水,都给我带上!

喂! 都这个时候了,还臭美呢,你以为去巡回演出呀? 赛林说。

来到医院,医生诊断为肘关节韧带及多处软组织损伤,住院治疗。

在病房里,赛林对忱子照顾有加,关怀备至。

忱子舒服得眼睛眯成了一条缝。好了,我吃饱了！忱子说。

这么一说,赛林可恼了,什么？我老远给你买来的饭,你吃了两口就饱了？你折腾我呀？养伤期间你可得听我的。赛林指着忱子胸前掉的饭菜渣说,你看！你说你是不是嘴巴漏啊？吃的还没掉的多！

这时,邻床的老奶奶对老伴儿悄悄说,你看这姐姐多厉害,弟弟生病了还训他！

赛林转身微笑着对老奶奶说,奶奶,我只比他大 10 天,不太会照顾人！

顿时,老奶奶和她老伴儿愣住了,诧异地问,才差 10 天？你妈妈怎么生的呀！

赛林忙说,我不是他姐姐,是他的女朋友！

忱子听了,躺在旁边偷笑着说,终于说了句实话！啊,这样的日子多好啊,有吃有喝,有你在身边陪着,我情愿受伤,情愿躺到这里让你训。

在忱子养伤的日子里,赛林一直无微不至地照顾着他。虽然有时免不了要抬杠,但随着这浪漫时光的流逝,他们的友情又跨越了一步,彼此的感情更加融洽,言谈举止更多了一份默契。不知不觉地,忱子伤愈出院了。

这次受伤和住院,忱子没有告诉雅风,怕影响他练琴。

午

夜

天

使

出院后他们又回到了喧闹嘈杂的 Passion Club。

忧子继续跳舞，赛林继续陪酒。虽然忧子很想换换他们的工作，但无能为力，唯一的办法就是多攒点钱，把生活安排得好一点。

一天，一个穿着时尚充满性感的姑娘出现在忧子面前，忧子在那一瞬间感到有点眩晕。

香一大声说，你怎么总不接我电话？最近跑哪儿去了？害得我到处找你！

忧子敷衍地说，去外地玩了几天。

香一又像强力胶似的紧紧抱着忧子说，今天晚上我们一起回家。

忧子不耐烦地说，我晚上还有事呢！

香一听后，忍着性子说，那好吧，我让赛林陪我去玩。

香一在赛林手上买了一瓶路易十三说，赛林，走，咱们出去兜风！

赛林疑惑地问，跟我兜什么风啊，你应该叫忧子吧？

他要跳舞嘛，走吧走吧，我们去玩，不要理他了。香一拉着赛林离开了 Disco。

你了解忧忧的情况吗？香一将车停在了深夜的十字路口处突然发问。

什么情况？赛林问。

看来你还不了解！香一满有把握地对赛林说，在她眼里，这个每天靠推销酒水挣钱的傻女孩根本不是她的对手，她更觉得赛林什么也不

能带给忧子。我知道你很爱他，但是，爱一个人是要给他幸福的，而不是让他和你一起痛苦。

那你能让他幸福吗？

说实话，忧忧是不会爱上像你这样整天喝酒的女孩的。

赛林不屑一顾地说，他不一定爱我，但他肯定也不爱你。

你胡说，他爱我，爱我！香一急忙争辩。

这是你自己说的，谁能证明？赛林不慌不忙地说。

两人沉默了片刻，香一挖苦着赛林说，据我了解，你好像比忧子大哦！你该不会是把他当成你弟弟赛杰了吧？

赛林听了十分惊讶，你说什么？你怎么知道赛杰？她急忙问。

这个你不用管。总之，我能帮你找到赛杰。香一得意地看着前方，看来她在赛林身上下了不少工夫。

赛林沉思了一会儿，冷静地问，你想要我做什么？

香一诡异地看着赛林说，你比我想象的要聪明哦！我只想知道，你和忧子到底……

我说过了，我和忧子只是普通朋友，信不信由你！赛林强调。

如果你们真的只是朋友关系，那当然最好，如果不是，我希望你最好跟他讲清楚，不然他很容易误会的！香一笑着，笑容里满是自私与奸诈。

赛林看着眼前这个分明比自己成熟的女人，心里气愤地想：明明是在做交易，还要说得冠冕堂皇。难道感情也可以用条件交换吗？真是可笑！

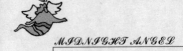

只想一起看看灰蓝的天;

只想一起踏过干涸的湖;

只想一起守候昙花的生;

只想一起欣赏眼泪的死。

只想在崎岖的旅途中,

留下我们一起踏过的足迹,

那是一生无怨无悔的见证!

然而,

在我遥望的一刹那,

你的影子在与我道别;

在我回首的一瞬间,你的影子依然在向我挥手!

——忧

夕阳还泛着余光,赛林和忧子已经坐在了雅云的酒吧。

你怎么了,半天不说话?平时总是说得欲罢不能的!赛林看着沉默的忧子问。

忧子冒出一句话却让赛林目瞪口呆,我想结婚!

那好呀?香一这女孩是挺不错的,她那么爱你,一定恨不得马上嫁给你,什么时候举行大婚啊?恭喜你喽!赛林说。

你说什么呀?跟她?别逗了,我还正想怎么跟她分手呢。

赛林一听,心绪跌宕。因为她不愿意离开忧子,他们的心已经靠得愈来愈近了,从心理上彼此已经很难离开对方,在生活上彼此已经不能

适应没有对方的生活了。

可一想到赛杰的事，她又开始有了顾虑。怎么办啊？忧子要是在这个时候和香一分手了，香一肯定不会帮我找阿杰的。这个该死的香一，她怎么会知道阿杰的下落。

想着想着，赛林脑中突然想到一个人：阿杰……会不会是他？他的眼睛和我的那么像，可他这么坏，他怎么能是我弟弟呢？

忧子，有件事我想告诉你，但还不能确定。赛林急忙拉着忧子的手说。

什么事？正说着，忧子电话响了，电话里传来香一出车祸的消息。

赛林立刻催促忧子去看看！

两人来到医院，只见香一胳膊腿都打着石膏，眼泪汪汪地看着忧子。

怎么搞的？伤得这么严重？忧子吃惊地看着香一。

香一只是哭，不敢说话。

这时，一位护士走过来问，你们是病人的家属吗？

赛林点点头说，是的，怎么了？

那你们和赛杰是什么关系？也是家属吗？护士问。

时间仿佛在空气中凝固，窒息的感觉直窜心脏，赛杰，杰克，天哪，我怎么没有想到呢？赛林惊呆了。

赛杰也是车祸中的伤者。护士接着说。

赛林看着香一，紧张地问，她说的是杰克吗？是我弟弟赛杰吗？

香一哭着点了点头。

赛林一听,忙问护士,那……赛……赛杰怎么样?他没事吧?

对不起,赛杰抢救无效,已经送到太平间了,你是他的家属,跟我来确认一下。护士说的每一个字直扎赛林的心。她身体突然软了下来,忱子忙上前扶着。

忱子陪赛林来到太平间。当她看到杰克的脸时,一下子瘫在了地上。

没错,他就是赛林一直怀疑是她弟弟的人——杰克!

真的是他。这个曾经和香——起灌自己喝酒,和青哥一起骗自己K药,还常和自己拼酒,又想强暴自己的那个可恨、可悲、又可怜的男孩杰克,原来,他就是自己一直苦苦寻找的弟弟赛杰。这么多年了,他是怎么成长的?他经历了什么?他有过怎样的噩梦、期盼和绝望?一年又一年,赛林苦苦寻找他。时光流走了,是什么让那个无望地离家出走的男孩变得如此残忍,如此下场?这让赛林简直不敢相信,命运竟然会给自己开了一个天大的玩笑。

这个世界说大真的很大,自从赛杰被爸爸毒打后离家出走,从此杳无音信,自己无时无刻不在打听、寻找他的下落,只能在梦中与他相见。说这个世界小的确小的很,竟然近在咫尺却不能相认,谁能想到今天会以这种方式相认呢。

赛林为赛杰的死而悲痛不已,也为赛杰学坏而懊恨万分。

姐弟俩在这喧嚣呼啸的尘世中擦肩而过,无情的命运掩盖了血缘与亲情的真相。

怎么是他?忱子非常惊讶。赛林的弟弟,赛林一直深爱的、可怜的赛杰就是那个曾经侮辱自己,打伤自己,最后又被自己救了一命的坏小子杰克。

赛林苦笑着想，我下决心要找到阿杰，让他回到我身边，在我的保护下，就不会再让任何人欺负他，没想到他竟然是这样的反叛，他再不是那个任人责打的小男孩，他可以肆无忌惮地欺负别人。赛林眼中的泪水一直未停。

处理完赛杰的后事，赛林已身心憔悴，精疲力竭，这个沉重的打击和残酷的事实，使她难以接受。夜晚，她一个人像游魂似的在无人的街道上游荡。

赛林提着酒瓶一边走，一边喝，最后爬上了天桥。

而忧子一直跟在她的身后，从未离开。

赛林扶着天桥的栏杆，目光呆滞地看着夜晚偶尔驶过的汽车和被浮云半掩着的月亮。

忧子上前搂住赛林单薄无力的身体。赛林闭上了双眼。

赛林的身体有些颤抖，她紧紧靠着忧子，感受到他的心跳和呼吸。忧子也感到了赛林奔腾的血液在流淌，仿佛就要注入自己的体内。

终于，赛林哭了。她流泪，抽泣，呻吟，直到放声痛哭。

忧子紧搂着赛林说，想哭就痛快地哭吧，我了解你心里的感受，哭出来会好受些。

忧子……忧子，我真的很难受，你知道，我是他姐姐呀，我应该保护他，不让他受伤害，我怎么能打他呢？我为什么要打他？赛林放声哭着，悲伤、悔怨、自责一起涌上心头，这时她已不再去想赛杰的一切恶劣行为，她知道赛杰的蛮横作恶只是为了掩盖内心的孤独、脆弱与思念，他可曾在静夜里流着泪思念姐姐和亲人，他可曾梦想有一个温暖的家，他可曾怀念在姐姐身边的日子。赛林不能原谅自己所做的一切。

悔恨交加,一切都为时已晚,阿杰已永远地离开了她!

赛林看着自己手腕上的那根黄丝带,激起万千思绪和无限的回忆。

她轻轻擦掉挂在脸上的泪水对忧子说,如果有一天我不在你身边了,你一定要好好照顾自己,千万别像阿杰这样,知道吗?

赛林的话音刚落,忧子的眼泪涌了出来,这样的话只有妈妈对他说过,然而,妈妈现在在哪儿呢?

午夜的风虽凉爽却也很凄清,天上月色朦胧,地面街灯昏暗。

赛林依偎在忧子怀里,爱抚着破碎的心。

忧子见赛林已难以支撑,搀扶着她打车回家。因为喝了不少酒,赛林上车便昏昏沉沉倒在忧子肩上睡着了。

车停下后,赛林整个身体已没了重心,忧子使出全身力气将赛林抱下车。

秀美的长发凌乱地遮住赛林憔悴的脸庞,忧子却清楚地看到她内心黯然神伤。

赛林,坚持一下,马上就到家了!忧子抱着失重的赛林,满头大汗地往家边走边说着。

一进门,忧子立刻将赛林放在自己床上。赛林头一歪,发出了呕吐的声音,忧子忙拿来小垃圾箱放在床边,用力帮赛林拍着后背说,赛林,来,吐出来就好了!

但赛林怎么也吐不出来,只是不断发出让人听起来就难受的呕吐声,身体还不停地抽搐着。最后,她无力地将头斜靠在床边,眼泪不停

地流着,轻声地哽咽。

忧子看着赛林痛苦不堪的表情,泪水充满了眼眶。

他拨开赛林蓬乱的头发,抚摸着她的小脸,低声说,赛林,我知道你很难受,别怕,有我陪你,你放心,我不走开,不会离开!说着,忧子的眼泪滚落下来。

这时,赛林一把推开忧子,将他推倒在地,含糊不清、毫无意识地说,走开,别动我,走开呀!

忧子只好坐在地上,背靠着墙角,无奈地看着赛林醉入悲伤的梦魇。

此时,忧子眼中流露出来的表情只能用两个字形容,那就是心疼!

香一在医院住了一段时间,忧子只是偶尔给她送点水果,赛林只在门外等忧子,从不愿进去。

香一有钱,她雇了几个人在医院伺候她,蛮舒适的,只是看不到忧子时很伤心气恼。

雅风依然常常在 Disco 的舞台边独自欣赏忧子魅力动人的舞蹈。赛林在阿杰死后,就不太爱说话了。忧子总是用各种方法来让她开心。在忧子的帮助下,赛林在一天一天地淡忘这件事对她的打击。

我们都是一个个单调的音符，

经过命运的排列，

组成了一首伤感的歌，

这就是我们无奈的生活和未来，

也是我们曾经预料到的结局！

——忧

死寂的日子在雾蒙蒙的天空下，依然笼罩着忧愁和伤感。

当我一个人看星星的时候，脑海里闪现着很多点点滴滴不愿想起的往事。赛林说。

赛林又回到了忧子家。自从阿杰死后，赛林就常去忧子家住，因为她怕一个人会抑制不住伤感的情绪。

她总是窝在沙发上，尽管忧子执意要她睡在床上，她却不肯。

今天也该轮到我睡沙发了吧？忧子说。

听话，快上床去，别跟我抢沙发！赛林总是把忧子当成阿杰一样来呵护。

如果我们彼此独自孤单，不如让我们一起来抵抗孤单吧！忧子总是这样说。

深夜，两个人都被那窗外银色的月光照得无法入睡。

长夜漫漫，无心睡眠，我以为只有我睡不着，原来赛林小姐也睡不着,那不如聊聊吧? 忧子在深更半夜思维又开始活跃起来,突然冒出了电影里的台词!

赛林眯着眼睛,斜了忧子一眼,自言自语地说,这下完了,我最怕谁大半夜的说梦话,早知道这家伙有这毛病,我还不如回家呢!

你不懂,说梦话是一种享受!

哦,赛林想了想说,你想聊什么?

随便,只要别让我这么安静地躺着就行,我最怕这么安静的夜晚。忧子说。

你的工作确实挺适合你的,一点都不安静。

是呀,我伤心的时候,就希望到喧闹的地方,至少可以暂时不去想一些烦恼的事。忧子有些伤感。

赛林一听,怕自己也陷入伤感的情绪,忙开玩笑说,你可别说得这么伤感哦,我哭起来可是一发不可收拾的!

那咱俩一起哭,看谁声音大! 忧子根本不怕。

我有病呀,没事跟你哭着玩? 赛林说。

哈哈哈哈哈! 忧子大笑着。

忧子夜里不再失眠,不再靠安定来强迫自己入睡。听着赛林轻柔的呼吸,他的心像平静无风的海面,徜徉在清澈的月光下,静静入睡。

然而这平静的幸福,却总是好景不长。

她说,穿黑颜色的男人最性感。忧子盯着眼前这件黑色的演出服,眼中似乎出现了烟雾般的蒙眬。

冰冷的月光从牢房的窗外射进来,落在忧子身上,使他浑身颤抖。

这样的寒冷,只会在没有赛林的时候出现。曾经这寒冷犹如破晓前的黑暗,至少有等待黎明的希望,可现在,这寒冷是来自地狱的风,永远也无法获得天堂里的温暖。

只能这样被风吹着,吹着……

深夜里,忧子又哭醒了,一个独眼的大个子犯人大骂起来,你他妈的一天到晚就知道哭,哭你妈个头。说着,一伙人拥上去揪住忧子的衣领,拖下床,将他推倒在地,七八只脚又踢又踩,拳头像雨点一样落在忧子身上,一阵痛打后,他们才罢手。

忧子满身是伤,疼得爬不起来,他用手背擦了擦脸上的血,扶着床边挣扎着站起身。突然,一阵眩晕,又跌倒在地上。这时,他想起赛林的话,如果有一天,我不在你身边了,你一定要好好照顾自己。想到这里,忧子泪如雨下。

过去我们可以一起孤独,可如今,你在天堂孤独,我在地狱孤独。每当我想你的时候,都只能在梦里呼喊你的名字。梦醒后依然看不见天空的颜色。只有裹着死亡的心,继续睡去,继续进入梦中。

忧子的眼泪滴在衣服上,泪印散开,犹如他绝望的爱与痛在这漆黑的牢房里弥漫开来。

第二天在 Passion Club 里。

忧子又给自己设计了一身火爆的演出服。上身是黑色露背小衣

服,中间是黑色的低腰不等式裹裙,下穿黑靴子,手腕上特宽的闪光手链,这身装扮使他活像一个诡异神秘的黑色天使。

在鼓点蹦出的同时,忧子一只脚有力地踩上了舞台。尖叫声和哨声又像一群受惊的鸟,哗的一声震得人耳朵发麻。

接着,忧子在这个光彩照耀、闪亮夺目的舞台上挥动双臂,随着鼓点节奏,忧子转身来到圆吧中央。众人的目光又随即跟着他的身体移到了圆吧中央的钢管上。

一个激情动作完成之后,忧子围着钢管跑了一圈,突然间像只起飞的蝙蝠,跃上钢管,从上旋转而下。此时的尖叫声已势不可挡。他的动作总是出乎意料地夸张和疯狂,让人的血压超负荷地狂飙。这就是忧子神奇的魅力与煽动力,也是他特有的标志。

当忧子跳完舞走下台时,几个女孩围了过来,想要和他做朋友。忧子边喘着气边擦汗说,我不适合你,真的! 说完,便四处找赛林。

他经常用这句"我不适合你",赶走了无数向他献媚的女孩。

在这烟雾缭绕、灯光暗淡、人流杂乱的场所里,找人是件非常困难的事,尤其是寻找自己最担心的人,更让人着急。

怎么这么晚才来? 忧子突然看见雅风向他走来。

雅风坐下,像往常一样要了 VODKA。接着,大声对忧子说,告诉你个好消息,我要参加全国比赛了。

真的? 太棒了! 什么时候? 忧子高兴地问。

还得半年,要到年底了,外教今天才告诉我,我们学院只有我一个去参赛。雅风脸上展露出不常见的笑容。

在忱子的眼里，雅风的笑容就像一朵瞬间开放瞬间消落的昙花，极其珍贵；又像天上的流星，稍纵即逝，便更显得难得。

分享着雅风的喜悦，忱子破例给自己也倒了杯红酒，一饮而尽，雅风，我知道你一定行！

雅风微笑地看着忱子，眼中充满了信赖，忱子，你知道我是以什么为动力的吗？

忱子疑惑而期待地望着雅风。

我告诉自己，忱子是我一生中最好的朋友，也是我最牵挂的人，我希望他和我一样有丰厚的物质生活及尊贵的精神待遇，我希望他和我一样拥有美好的一切。在他心中，我是他最可靠的兄长，也是他最信赖的朋友！雅风凝视着忱子，眼神里充满坚信。

我清楚你为我做的一切，我都清楚。雅风，你是知道的，除了没有完整的家，实际上我什么都不缺。我想要的生活其实很简单，只要能在我跳舞的时候，感觉到你的支持，感觉到你在我身边就已经足够了。我们能在同一个空间存在，这才是生命中最美好的时刻。忱子真挚地说。

忱子，现在的你应该感受到了你所需要的，因为只要我们用心去支持着对方，即使现在这小小的包间，也能让你感到家的温暖。即使在空无一人的街上，只要流动着两个彼此关心的气息，那条路也是家！雅风的瞳仁，永远那么深邃，那么闪亮，那么幽静，那么清澈。

突然间，门被冲开了。只见赛林慌张地站在门口。

你怎么了？又喝多啦？忱子忙问。

赛林神情恍惚地坐了下来，只是抽烟，什么也不说。

沉默了许久，赛林终于开口对忧子说，我最近不能回家了，等我找到房子，我再搬走，行吗？

忧子和雅风都感到奇怪，到底出什么事了，你说清楚点行不行？忧子焦急地问。

赛林掐灭了烟说，青哥追债追到我家，东西全让他的人给砸完了，我现在不能回去，要不然，指不定哪天就死在里面了！赛林非常气愤而无助地说。

那段静静如海的时光，

年轻的心裹着熄灭的释然，

游荡在蔚蓝的天空下，

漂泊在繁华缤纷的世界里，

泪水挣扎在爱与恨的边缘，

而我们只能旁观。

旁观自己的鲜血飞舞，

旁观自己的泪水纵横，

因为青春是一段美丽的伤痕。

将激情的岁月渲染成血与泪的清风，

带走的是那无悔的冲动，

留下的是那忏悔的遗憾！

——忧

忧子和赛林找到了新的房子。忧子退掉了原来的住处,和赛林一起搬进了有两间卧室的房子。

那天下午,忧子和赛林收拾好屋子,两人累得都斜躺在沙发上。

忧子拿出了一个信封递给赛林。

赛林打开一看,吓了一跳,干吗给我这么多钱?

这是我跳舞挣来的钱,我想,应该能帮上点忙!

你拿回去,我不能要你的钱,我自己有!赛林说着,将信封扔在忧子面前。

都这个时候了,还逞什么能呀?欠我的总比欠那个老男人的好!

赛林看着忧子真诚的表情。看到了他平平淡淡中的纯朴。

他在坚强而无怨的生活中,不免也有伤感;他高傲而自信地舞蹈着,时常有着孤独。许多不幸过早地出现在他的命运中,可他的眼里却仍流露着童贞,那是一颗乞求幸福的心,一颗至真、至善、至美、至纯的心。

赛林怎么也不忍心收下忧子辛辛苦苦跳舞赚来的钱。

她内心充满感恩却又冷冷地说,我知道你想帮我,放心吧,我会有钱的!

那他怎么还追着你要啊?你就别骗我了,让你拿着你就拿着,我又不是白给你,是借给你,等你有了再还给我行不行?忧子又将信封塞进赛林手里。

赛林点了根烟,沉思片刻,没有再说什么,将钱收了起来。她知道此刻说什么都是多余的,笨拙的。

拿了钱,我可有个条件哦!忧子像个大爷似的中跷起了二郎腿,头

仰得老高。

哼，我就知道，吃人家嘴软，拿人家手短，这话可真没错，你就乘人之危吧！赛林从沙发上坐了起来冲忧子喊道。突然，又像泄了气的皮球，忧伤而幸福地说，你说吧，我现在只能任你宰割了！

忧子顿时露出了笑容，把钱还给那个老男人以后，你就换个工作吧，这样喝下去可不行！

忧子话音刚落，赛林的眼泪夺眶而出，在她的大眼睛上蒙了一层水晶，她模糊地看到忧子在她面前晃动，心中万分感动。

赛林激动地抱着忧子说，真不知道该说什么好，从来没有朋友这样帮过我。

忧子感觉赛林的热泪流进了他的身体，流进了他的血脉和心脏。

这次拥抱，忧子终于感受到了，与过去赛林喝醉后拥抱他的感觉大不相同。

以前，赛林用身体拥抱着忧子，心里却在想着阿杰。那时忧子只能感觉到那真实的体温贴近了自己的身体，而那爱的暖流却怎么也无法融进自己的心。

可现在，忧子真正地感受到了来自赛林心底最纯粹的感情，仿佛死寂百年的尘埃被一阵狂风席卷，呼啸着弥漫在空中，永不愿坠落！

这就是雅风说的家的感觉吗？只要流动着彼此的气息，不管在哪里都可以是我们的家！忧子默默地想着，我不再希望我是阿杰了，我不要做别人的替代，我就是我自己，我感谢上帝让我就是忧子，可以这样温暖在她的怀中。

她的泪在我眼中舞动，

她的心在我胸中隐藏。

我拥有了最美的一片云，

我好满足。

我要抓住这片云，

与她一起奔跑在星空。

就这么拥有，

让和谐和美感在无尽的欢乐中延伸。

——忧

赛林依然抱着忧子，兴高采烈地说，哥们儿，以后，你跳舞，我唱歌，我们开开心心地生活，不再有烦恼！

忧子双手环着赛林的腰，逗趣地说，谁说生活没那么抒情？我们的生活就是这么抒情！

赛林抬起头，眼角还挂着一滴未干的泪，一脸明朗的笑容，一手用力地捏着忧子的鼻子说，你什么时候才能长大呀你？

我也想长大，不过再怎么长，还是比你小 10 天，如果能超过这 10 天多好！忧子说。

呵呵，这辈子不行了，来世吧！赛林笑着。

赛林在忧子的陪同下，给青哥还了钱。王青看赛林把钱一次还清了，有些不甘心，但也无奈，只好暂时不再对赛林纠缠。

同一天,赛林也答应了忧子,辞掉了酒水推广的工作。

为了庆祝这件他们心目中的喜事,忧子、赛林、小诺和雅风、雅云聚在一起定了包间,又唱又跳,又喝又闹,十分高兴。

赛林首先唱歌,忧子认为那歌声是世上最美的声音,也是最失落的声音。

这歌非常熟悉,是雅风经常在忧子入睡前为他弹奏的歌曲,也是忧子最喜欢的一首歌。今天听到赛林唱,他有种说不出的忧伤与感动,好像在无奈地诉说心声。

赛林总是喜欢穿白色或者黑色的小衣服,配条宽松的休闲牛仔裤,简单而又别致,让人感到很舒服!她的长发总是散落在面颊两边,飘逸中美丽的脸庞时隐时现,仿佛灿烂的阳光,又如清澈的明月。忧子喜欢在一旁凝视着她的一颦一笑、一举一动。

忧子和雅风回到家。又是那架熟悉而让人百感交集的白色小三角钢琴。忧子很久没有来过了。

他倒在床上脑袋发晕,雅风,我还想听你最喜欢弹的那首歌曲!忧子说。

你们同居了? 雅风坐在忧子身边问。

忧子用奇怪的眼神看着雅风说,我们虽然住一起,但各有各的房间,我和赛林只是朋友关系。

雅风抽着烟说,赛林在你心目中,到底算什么呀?

忧子低着头想了很久才说，是朋友，她像家人，还像姐姐，还像……

还像什么？雅风笑着逼问。

忧子摇了摇头说，我也说不清楚了！

虽然忧子不知道该怎么说下去，但在他的潜意识里，赛林一定还有一个称呼在他心中，只是他还没有挖掘到自己的心底深处。

我被淹没在寂寞的琴声中，

像被淹没在寂静的爱里，

谁的情被冰封？谁的心被夺走？谁的声音被留下？

在生命的洪流中，

谁带走了那激昂的乐章？

谁将海浪抛向冷冷的岸边？

那梦魇般的生活融化着我的肉体，

徘徊在天地之间。

原以为我已无能为力，只有等待来世的续缘。

却在绝望中，熄灭的火光继而再生。

我要畅游在爱的伊甸园。

——忧

在那阵阵穿透着无限惆怅与失落的琴声中，忧子伴着这属于他的音乐沉沉地睡去，手中却依然紧握着手机。他在等待赛林对自己热切的关心和询问，哪怕是怪罪与责骂，他只想听到赛林的声音。

可是,在他进入梦乡时,电话一直没有响。

雅风轻轻走到了忧子身边,他看着忧子沉睡时安详的表情,替他掖了掖被子。

我们是患难的兄弟,你想什么我都知道,只要能让我永远关照着你,看着你开心,看着你流泪,看着你跳舞,看着你安静,有这样珍贵的友情,我就满足了。你不是很想要一个家吗? 在我心里,我们都是这个大家庭中的一分子,这个家门永远都敞开着,这个家永远等着我们团聚。

我们这个大家庭里的人可以一起到天涯海角。你、赛林、我、小诺,我带你们一起去我梦中的俄罗斯,那才是属于我们的地方,我坚信我的故乡就是那里。我想你们也一定会喜欢的。在圣彼得堡有普希金美丽的诗歌,在乌拉尔有柴可夫斯基细腻凄美的天鹅湖,在波良纳有托尔斯泰展现历史画卷的巨作,那里有茂密的森林,涟漪的湖水,不知那伏尔加河上的船夫是否依然还在!

雅风眼中闪着星光般的灿烂,兄长般伟大的爱,比冰雪还纯洁的友情,像爱神降临般保护着忧子。

然而,雅风又怀着释然的心想:忧子,你是我生命中最深刻的一个人,朋友不及我们的感情;亲人缺少我们的理解;我们是没有血缘的亲兄弟,命运注定我们要给对方以勇气和温暖,让彼此不再感到落寂。

第二天忧子醒来,雅风已经离开了。他看着雅风留的小条,不由得笑了。

忧子:把饭吃了再出去。我最近会比较忙,有时间就去找你!小心别让好色的 MM 占便宜呀!雅风。

忧子刚吃了两口,忙捡起手机看赛林有没有打来电话或发来短信,可是很遗憾,什么也没有。

忧子不安的心情使他吃不下饭。他背起包忙回了自己家。

一进门,就看见赛林横躺在地上。忧子的心一下提到了嗓子眼。他连忙抱起赛林就往床上放。

这时赛林昏昏沉沉地说,你干什么?放开我,非礼呀!

你就喝吧,再多喝点,总有一天喝死你!忧子气愤而心疼地说。

听着忧子的吼声,赛林突然放声大哭起来。边哭边说,如果有一天,我不能在你身边了,你一定要好好照顾你自己呀,知道吗?

晕!又来了,有点创意行不行?每次喝醉以后都是这句话!忧子无奈地将赛林放在床上,收拾着房间里乱七八糟的东西。

赛林静静地睡去了。忧子来到她身边,看着她苍白的脸,感到一丝淡淡的苦涩,心里有一种说不出的忧虑。

忧子在窗边的一块空白墙上写下:她为我哭了,她说"在没有我的日子里,你要好好照顾自己!"

雅风,我想见你。雅风接了电话后,去了小诺家。

那时,小诺的 CD 机里正放着雅风自己录制的钢琴曲。

雅风不知道出了什么事,只是看着小诺身边放着一只空酒瓶。

小诺,怎么了?雅风问。

我要离开这里了。小诺看着雅风，等待着他的反应。

离开这？你准备去哪？是不是要回你父母那里去？雅风问。

小诺苦笑着摇了摇头说，在这个世界上，已经没有人能关心我了，他们有各自的生活，我可不想让他们把我当成累赘。没有他们，我一样能生存。这次是外地的一个朋友叫我去他的场子跳舞，他说那边工资高。

那挺好啊，你跳得这么好，又是个大美女，到哪儿都吃香，不过也要注意安全，没有我们这些朋友在你身边，你自己要小心了！雅风轻轻拍了拍小诺的头说。

看着雅风不是很在意的表情，小诺转过身，心中充满不平的激动。

可我不想走！小诺突然说。

为什么？人往高处走，水往低处流，所有跳舞的女孩都希望到价钱高的场子去，你怎么想的？雅风有些奇怪地问。

我没怎么想，就是不想离开你！说完，小诺一头扑进雅风的怀里。

此时，雅风才清楚地感觉到了小诺的抽泣和温热的身体，他无话可说地站着，一动不动。

小诺不愿抬头，她双手环着雅风的腰部，将头靠在他宽大的肩上。

你为什么总是对我这么好，却又离我那么遥远？小诺哭着向雅风诉说自己心中埋藏已久的感受。

雅风不知所措地站着，此刻他才真正地了解到，原来小诺是如此的爱着自己，这是他根本没有想到的。

哭声消失了，只剩那潮湿的呼吸和退潮般的心情。

小诺看着雅风那双明亮的眼睛说，只要你肯说一句话，我就永远不走,不离开这个城市,不离开你。

雅风没有任何表示,只是默默地低着头。

你说话呀? 为什么不说话? 对我说一句话很难吗? 小诺焦急地催促着沉默的雅风。

雅风推开小诺,走到一边,点了根烟,抽了起来,他依然沉默。

小诺的泪不停地流着,伤心地流着。她以为雅风对她是有爱慕的,可通过这次验证,她发现自己估计错了。

我们在一起相处了这么久,你到底把我当成你的什么人? 小诺来到雅风面前追问。

雅风看着满脸泪痕的小诺,心疼地替她擦掉了眼泪,忍不住将她搂进怀中。

顿时,小诺露出了幸福的微笑,却仍泪光闪闪。借着这微弱的月光,伴着这黑夜的清风,小诺踮起脚尖,轻轻触碰到了雅风棱角分明的嘴唇。

雅风没有躲避,他了解小诺的心情。在一个人为得不到自己的挚爱而痛苦的时候,就像沦落风尘的女子,有一种自我毁灭的心理;就像熄灭了的火光,挣扎着冒出最后一股无望的青烟,最终消失在风中。

小诺碰到雅风的那一瞬间,双眼汹涌着爱的泪。

雅风替小诺轻轻擦去了泪水,静静地抱着她说,我不值得你这样流泪,上帝会派一个比我更好的男人来爱你。

小诺一听,挣脱了雅风的怀抱说,为什么你不愿意做这个上帝派来的男人? 为什么你不愿意爱我?

不是我不爱你,是我什么也不能给你,钢琴是我的一切,你和我在

一起只会痛苦，我不会是一个好恋人的。雅风低着头，沉静地说。

小诺叹了口气，在她眼里，这根本不是理由，她宁愿像个影子一样跟着雅风，可雅风的拒绝刺痛了她的心。

是啊，我早该明白，我太自不量力了，你是音乐学院的钢琴王子，以后，你就是钢琴家了，而我只不过是一个供人们消遣娱乐的舞女，怎么能配得上钢琴家呢？

小诺，你怎么能这样说？如果我真像你所说的那样认为，我还会和你做朋友吗？你太不了解我了。雅风忙更正小诺的误解。

看着小诺难过的神情，雅风无奈地摇了摇头走上前，拉起小诺的手。

小诺忙向后退了两步说，如果你不爱我，就不要对我这么好，不要再给我希望了，这样只会让我的心伤得更深。

对不起小诺，我不是不爱你，只是在钢琴和爱情面前，我选择了钢琴。雅风说完，扭转身像风一样地离开了小诺的视线，无情地留下了一个孤独而落寞的身影，独自悲伤。

第二天，小诺没有上班。雅风得知，原本四处漂流的小诺离开了这个城市。离开了她遇到的第一个令自己心碎的男人。当她明白，自己在雅风心里，永远都比不上他的钢琴时，小诺失望了，彻底地失望了。她宁愿离开这里，永远把雅风放在心灵最深处，也不愿面对雅风果断地放弃爱情的事实。

小诺虽然走了，却永远都带不走她对雅风的爱。

她继续孤单地飘荡在某个城市的夜里，继续思念着那个让她心痛

午
/
夜
/
天
/
使

落泪、让她爱到无法自拔的男人！

雅风看到了小诺留下的一张纸条，上面写着：你的自由就是我的自由，所以，我该走了，我不再打扰你的生活。我的爱给你造成了负担，请原谅。你选择了钢琴，我必须选择离开你，我将在陌生而遥远的地方为你祝福。

雅风回味着这句话。原来，爱是给予对方自由！

为能有第一声啼哭而感到幸运；

为能完美如蒙娜丽莎而高贵；

为想获取却不能得到的痛苦而拼命尝试着千般苦涩；

为那未知的、悲喜难料的明天而扮演命运的某个角色！

——风

生活依然平静，赛林在一个酒吧找了一份工作，做情调歌手。

忧子继续他的舞蹈职业。

小诺走后，新来的两个女孩每天和忧子一起上台跳舞，除了午夜的一场 Show 是由忧子单独表演的 Table。而在那个时间，赛林刚好下班，经常来等忧子一起回家。

雅风因为要忙着准备全国比赛，所以很少来看忧子。忧子只是偶尔可以看到他远远地坐在吧台！

这天，雅云又给赛林打来电话。赛林通常都不会接，这次也一样，

任凭电话铃声在耳边响个不停。

天快亮了，可忱子怎么也睡不着。他回想着这些日子和赛林在一起的点点滴滴，有种说不出的美好与酸涩，仿佛回忆着陈年往事，像黑白胶卷快速在脑中跑过。

怎么还不睡？赛林走进忱子的房间，只见忱子睁着眼睛，望着天花板。

我知道你也睡不着，正等你呢。忱子说。

你怎么知道？赛林奇怪地问。

忱子没有回答，只是笑了笑，那是在他脸上很少见到的腼腆的笑容。这样的笑容，只有赛林在 Disco 里第一次认真地看他跳舞时展露过。

忱子知道，每当深夜的时候，赛林总会偷偷在自己的卧室门外观望，如果他没有睡，她就会陪他聊天，如果见他闭着双眼，她便悄悄回到自己的房间。

明天你来等我一起回家吗？忱子问。

这还用问？赛林回答。

别骗我，你每次都说让我等你，每次又打电话让我自己回家，这次到底是不是真的？忱子似乎不相信赛林。

这样吧。赛林想了想说，如果你下班后见到了我，那就是真的，如果没见到我，那就是假的，怎么样？

骗子，我就知道你又骗我，你要是不去，我就再也不等你了！忱子说。

不会的,明天下班我就去找你,你等着我就行了！赛林很干脆地说。

你冰雪般的诺言尘封了我红叶般的心,

我带着秋的失落走进了冬的长眠。

并不为这美丽的白色而沉迷,

只为那春的到来能让我跟随你流淌。

春来了,那暖流并未融化你、释放我。

承诺依然封锁这片秋的红叶,

虽然没能自由徜徉,却依然鲜红如初！

——忧

这天,忧子精神焕发地在他的舞蹈世界里挥洒自如。而人们依然是炽热如火、欢声雷动,犹如众星捧月一样对他心悦诚服。

忧子在 Disco 跳秀的名气早已不小,很多客人都是冲着他来这里消费的,为的就是看看忧子那如梦似幻、美轮美奂的舞姿。

时间过得很快,到下班的时间了,却还不见赛林的出现。

忧子不停地给赛林拨电话,却一直是无人接听。

虽然忧子的性格算是比较温顺的,但并不代表他不会急躁。他站在 Club 门口,焦急地望着岔路口的方向,期盼着赛林的出现。

很遗憾,执著的忧子耐心地等待着,可依然不见赛林的身影。

打烊的 Club 门前,原本绚丽闪烁的霓虹灯也已熄灭了,像一场绚丽的梦突然醒来,梦醒的人却不知该走向哪里。忧子孤单落寞的影子,

在无人的路上吹着冷风。刚才喧闹的人们都迅速地四散而去,他们害怕孤单和凄冷,他们从梦境般的场所离开,便立即回到温暖的家中,而只有忧子不得不停留下来,因为,赛林的电话依然是无人接听。

很久很久,也许天更亮了,也许夜更深了,无奈的忧子回到家,一直合不上眼。他先是愤怒赛林的失约,接着,便开始担心赛林的安全来,忧子此刻只要她出现在他身边,否则什么都不能让他安定下来。

不久,门响了。忧子忙跑到客厅一看,赛林神情迷茫、东倒西歪地进了门,一股浓烈刺鼻的酒气直冲进忧子的鼻腔。

呦!这么晚还没睡呢?赛林笑嘻嘻地问。

你又喝酒啦?你不是说过不喝酒了吗?忧子看到赛林醉醺醺的样子,火冒三丈,同时又立即心软下来。

今天开心嘛,我已经很久没这么开心了!赛林似乎真的有什么开心事!

怎么?和汤姆·克鲁斯喝酒去了,这么开心?忧子仍假装生气地说。

什么呀,卓琪来了,我们好久都没见了,今天聊得高兴嘛,就多喝了几瓶!赛林毫不在意。

你知不知道我等了你多久?你说等我一起回家的,不来了连电话也不打一个,我打过去你也不接,你让我等我就要等,你说不见就不见了,你把我当什么?忧子发火了。

谁让你等了?不见我去就自己先回来呗,你又不是没长腿!赛林也变了脸。

两人沉默着,这是忱子和赛林第一次真正地争吵。那种小心翼翼去爱对方,给对方温存与慰藉的谨慎第一次被打破了,两只小猫变成了刺猬。房间里滚动着紧张的气流,忱子坐在沙发上,僵持之下两人谁也不愿先开口。

看着赛林不屑一顾的表情,忱子走进自己的房间,将门重重地关上。

他踢开了一只挡在脚下的盒子。突然袭来的响声吓了赛林一跳,她没想到忱子会发这么大火。顿时,自己也有些抑制不住情绪,加上酒精在大脑里翻腾,赛林一把推开了忱子的房门,只见忱子把自己蒙在被子里。

你干吗呀? 就为这么点小事,不至于跟我这样吧? 赛林大声说。

忱子根本不搭理。

突然,一阵悦耳的电话铃声响了起来。赛林从包里拿出电话后,看了看在被子里一动不动的忱子,接了电话,喂? 我在家,好呀,我马上过去! 赛林挂了电话,看了看床上蒙着头的忱了,欲言又止,拉开门气冲冲地走了。

顿时,忱子的心像被掏空一样,突然感到眼睛胀胀的。他想叫住赛林,想问她去哪儿,去干什么,他想告诉赛林,我只是担心你的安全,我只是想让你早些回到我身边,我只是因为爱你。可喉咙又哽咽了起来,怎么都说不出话来,委屈的泪水充满了眼眶。

忱子第一次感到赛林这么忽视自己的存在,感到自己像被人抛弃的孩子。

站在窗口,望着赛林远去的身影,绝望笼罩了整个房间,让忧子感到无法呼吸。

忧子独自在家坐立不安,几次拿起电话想打给赛林,可最终还是没有拨出。

忧子孤独地回忆着妈妈,回忆着曾经历历在目的一切,当妈妈正贴近忧子,准备亲吻他天真可爱的小脸时,忧子从回忆中惊醒。他的头开始胀疼,快要崩裂一样难受。

于是,忧子匆匆出了门。

凌晨的寒气直逼忧子单薄的身体,侵入他的心脏,体内滚动的血液像要被凝固。

忧子快步向前走着,他想起了雅风,他想去找雅风,可是在这凌晨时分,雅风一定在休息。

最近一段时间,雅风为了全国比赛的事尽心竭力,一刻都不愿休息,几乎变成了一个弹钢琴的机器。

忧子又将手机放回到口袋里,盲目地在空无人烟的街上走着。

月亮照着他的影子。忧子在想:影子,我总是跟不上你,可你走过的路,必定是我要走的路,我想知道你在想什么,我想知道你的心情,因为我想知道赛林在哪儿,她为什么这么狠心地离开,置我的关心和思念而不顾!

在这个时候,只有雅云那里可以歇脚了。

忧子晃晃悠悠地来到了雅云的酒吧门口,在临近玻璃窗时,忧子突然停下了。身体像块石头,稳稳地、一动不动地站在门口,疲卷的眼睛

黯然无光。

酒吧里昏暗的灯光映在玻璃窗上，从暗淡的街面清楚可见里面的典雅与幽静。那暗光映入忱子的眼眸，像傍晚的森林一样黯然。

风吹着忱子黄色的小卷发凌乱地飘舞，也吹动了他无奈的笑容在消瘦的脸孔上荡漾。

那叫人心碎的鸣声刺破夜空，

像花瓣离开花朵的悲伤；

像晚风划过平湖的蓝光；

像利剑刺穿飞鸟的哀鸣；

像弓子磨断琴弦的绝曲！

到底是开始使之走向无奈的结束，

还是结束换来了梦寐以求的开始？

——忱

干净的玻璃窗上，映着赛林和雅云明亮的笑容。

他们的桌上摆了很多酒瓶，雅云正眉飞色舞地在给赛林讲述着什么。而赛林歪着头，边喝酒边听得出神。

远远望着赛林淡淡的笑，突然间，忱子发现这天天可见、几乎填满了自己生活的笑变得那么陌生，那么遥远。

我早该发现赛林和雅云这么般配，我早该知道赛林给我的只是姐姐般的关怀而非爱情，我早该知道也许他俩早已悄悄地约会了。我在想什么？没必要为这点小事生气，好朋友是不能这么自私的，我应该替

赛林开心才对。忧子默默地对自己说,可心情却难以平静,无法释然面对。

　　你只不过是一个跳舞的,说好听点,算是个专业的舞蹈艺员,说难听点,不过是供人们消遣娱乐的舞男。你现在的生活可以达到买东西不还价已经是一种幸运了,你还想奢求些什么呢? 是惊世骇俗的友情? 或者海市蜃楼的爱情? 忧子想着,想着,越想越自卑,越想越失落。

　　忧子隔着玻璃最后看了赛林一眼,悄悄地离开了。乘着月亮冰冷的光,踏着黎明到来的白色脚步,忧子朝雅风家走去。

　　雅风的琴声是伴着月亮同时出没在星空的,雅风一点不奇怪忧子会在这个时候出现,因为他经常会在睡不着觉的凌晨跑来借宿。

　　这么晚还在练琴? 忧子躺倒在床上。

　　这么晚还来听我弹琴? 雅风脸上盛开热情的笑容,不知这笑容是对于忧子还是对于自己的琴声。

　　忧子闭着眼睛,雅风却轻易地看透了忧子心中的惆怅。看在你这么晚还不辞辛苦来听我弹琴,给你一个点歌的机会!

　　忧子想了想说,随便吧,只要别让我这么安静着就行,这种安静会让我疯狂,会让我崩溃!

　　雅风一听,弹起了那首忧子喜欢的歌,那窃窃私语的音调和如怨如诉的旋律回荡在整个房间。

　　雅风边弹边惆怅地说,如果以后我们不能在一起了,你要习惯寂静的凌晨,习惯没有琴声的凌晨。现在,小诺那边一定很安静,她一定不愿听到我的琴声。

忱子听着歌,听着雅风的话,却不敢睁开眼睛,因为他怕泪水会跟着涌出来。

他希望这泪只流进梦里。

赛林看着天空开始发出暗蓝色的光,一看表,又是一个破晓即将来临。

她刚站起身,就发现自己的头开始眩晕,但还可以走路。

赛林告别了雅云,走出了酒吧。

一阵凉气袭来,赛林不由浑身上下打了个冷颤。看着前方阴暗的街道,她眼中仿佛出现了忱子的身影。

她和忱子一起踏过了无数个黑夜与黎明,却从未感到一丝冷意,唯独今天。

赛林这才意识到,原来太阳出来前是如此的寒冷,忱子在身边时,就没有这种感觉。

刚走了两步,突然有人将衣服披在了赛林肩上。下意识的反应,赛林一把推开了那个人。

怎么是你呀,吓我一跳!赛林看着雅云说。

这么黑的路,我怎么可能让你一个人回去呀?雅云说得理所当然。

没关系,我早就习惯了!赛林缩着肩,边走边说。

其实……我还有很多话没说完,可惜太阳要出来了,这个夜晚太短了!雅云深情地说。

怎么?还有事吗?赛林问。

雅云没有马上回答,两人静静地走了几步后,雅云冷静地说,我想

让你和我在一起，我会给你幸福和快乐。我知道这样说有点俗，但是，我还是想告诉你，我喜欢你，真的！

赛林听完，扭过头来看着雅云一脸严肃的表情，突然大笑起来。

你笑什么？雅云纳闷，他觉得自己很认真。

别逗我了你，瞎子才找我做老婆呢。贤惠娴淑我是没有，家教礼节我也不怎么懂，说不定哪天给你来个红杏出墙，让你欲哭无泪。赛林大笑着，让人感到她的一丝醉意。

我就喜欢你现在这个样子！雅云坚持着。

喜欢我抽烟、喝酒、夜不归宿吗？赛林收起了笑容问雅云。

看着赛林冷漠的眼神与疲惫的神情，雅云冲上前，张开双臂，将赛林紧紧抱住，疯狂地亲吻她红润的嘴唇。

赛林用尽全身力气推开雅云，接着，赛林用手背使劲地擦着自己的嘴唇，用愤怒的目光凝视着雅云。

爱上你之前，我有七八个女朋友。爱上你之后，我用三天的时间，伤害了这些女孩的感情，我看着她们又哭又闹、要死要活的面孔，你知道我在想什么吗？我在想你，因为那个时候我心里只有你，什么都没有了。雅云站在赛林面前，难过而诚恳地说。

可这是你的错，你可以随意选择你的感情，但并不代表你可以随便伤害别人的感情。你现在根本不需要什么感情，不需要什么女朋友，你只需要好好学学怎样尊重别人！赛林说完，向前走着，此时的心情已经差到了极点。

你根本就是喜欢那个跳艳舞的，你不承认我也知道，你们在一起并不像你们所说的那样纯洁，是在掩饰罢了，我早就应该想到。雅云在赛

林身后大声喊着。

突然,赛林转身向雅云走来,愤然地说,跳艳舞的怎么了?跳艳舞的不偷不抢不犯法,他是用自己的辛勤劳动赚钱。你有爸妈宠着爱着,你们家有钱送你哥哥上音乐学院,有钱给你开酒吧潇洒,让你无忧无虑的,他没有,他什么都没有,他什么都要靠自己。你没有资格嘲笑他!赛林愤怒的情绪稍稍安定了一下,请你以后不要在我面前贬低忧子,你有什么本事瞧不起他的职业?如果没有优越的家庭背景,你的双手又能给你带来什么呢?说完,赛林走了,大步地向回家的路走去。

此刻,她只希望快点见到忧子,看看他的脸上是否挂着笑容。

寂寞的银河里,

有无数个距离遥远却相对的恒星,

遥望着对方的光芒,无法靠近,却永存!

也有无数个穿梭在茫茫夜空的流星,

虽不能永存,终有相聚的刹那可迸发热能,燃亮星空。

不知它们是多少光年留下的影像,

不论它们消失在何方,

但它们的确拥有过那瞬间的光辉,永恒的精彩!

——忧

整整一天,赛林都没有找到忧子。因为昨天晚上自己犯了错,还对忧子发脾气,赛林非常后悔和不安。

她跑遍了所有忧子可能去的地方,可都没有见到他,而他的手机也

已经关机。

当赛林独自坐在空荡荡的家里，突然感到，两个人朝夕相处时间长了，少一个人，另一个就会有一种冷寂孤单的感觉，不知干什么才好，一颗心总也安静不下来。忧子的存在对她来说，是那么的重要。就像黎明前的黑暗，没有忧子也变得特别阴森和寒冷。

此时，赛林第一次感受到这种凄冷。

晚上，赛林请假来到 Passion Club，可令她失望的是，舞台上只有两个女 Dancer 蜿蜒匍匐，后台也不见忧子的踪影。

赛林心中咯噔了一下：忧子连班都没上，看来问题比较严重。赛林心里更加懊悔。

刚出 Disco 的门，迎面碰到了雅风。赛林急忙迎上去询问忧子的情况。

雅风说，早上我离开的时候，给他留了字条让他等我回去，晚上我陪他一起来上班。可是等我下午上完课回到家的时候，他已经不见了，电话也打不通！

赛林将散在面前的头发向后拨了拨，叹了口气说，没关系，你……你先别担心，我去找他！

赛林刚想走，雅风拦住了她，我当然不担心，忧子又不是小孩子，不会出什么事的。

雅风停顿了一下说，我有些话想跟你谈谈！

于是，赛林跟着雅风走在街上。

你知道吗，在你之前，忧子从来不为任何一个女孩儿所动心。雅风严肃地说。

赛林有些吃惊，又有些不知所措地问，怎么可能啊，那么多女孩儿喜欢他，也许是他没有告诉你吧？

那你就错了，我俩的友情太深厚了，所以对彼此都很了解。

雅风坦然地继续说，几年前，我的父母都出国了，本来他们要带我去国外，送我进最好的音乐学府。在我去机场的路上，忧子爽朗的笑声一直回荡在我耳边，他那双忧郁、单纯的眼睛无法在我心中抹去。我想，我即将过上贵族般的生活，又能更好地发展我的钢琴事业，可忧子却只能在这里孤单一人为生活奔波。想着想着，我就哭了。我丢不下他！我们要亲如手足、如影随形。我们有太多太多的忧和泪，需要倾诉；也有太少太少的欢与笑，需要陶醉！我最终没有登上飞机，当我决定留下来的时候，我的内心感到无比的快乐与满足。因为我这样的付出，忧子非常珍惜我们之间的友谊，这是任何人都无法代替的。不过，现在的我们都长大了，都需要自己的生活和情感了，我看出自从你出现后，他的眼里就只有你了。

那也代替不了你们之间的感情呀，我们都是以不同的角色出现在忧子生命中的，尽管所处的位置各不相同，但都是他生命中不可缺少的一分子。赛林说。

如果你不爱忧子，那就请你不要再靠近他，如果你愿意陪伴在他身边，去爱他，那我真的很替忧子高兴，他终于不再孤独了。雅风看着赛林说。

可不管我爱不爱他，我都必须去找他。回头见吧！

等等！雅风忙说，爱他，再去找他，不爱他，就不要再去伤害他。

赛林停顿了片刻，笃定地看着雅风说，我一定要去找他，也一定不会再伤害他。

说完，赛林奔跑在黑夜的街上。雅风望着赛林的背影，心中一阵舒坦和畅快。接着，又是一阵酸楚和失落，他看着朋友在走向幸福，可自己，却只能忧伤地思念着小诺，无法付出这份保存着的爱。

赛林穿梭在这个城市的每一个角落，找遍了忱子可能会去的地方。几个小时过去了，可依然不见忱子的身影。

她急得满身大汗，气喘吁吁的，感到万分沮丧和失望，忱子，你到底在哪儿呀？快回来吧，都是我不好，我总是给你发脾气，你别怪我好不好？赛林疲惫无力，坚持不住了，来到广场的阶梯上休息。

深夜的广场漆黑一片，苍凉而惶恐，死一般的寂静笼罩着沉睡的都市，让人不由得想到公元前罗马的角斗场。赛林仿佛能听到自己心跳的声音，听到泪水从脸上滑落的声音。

她木然地环视四周，突然，眼睛一亮，发现远处有一个人躺在阶梯上。

会是忱子吗？她站起来向那个人跑过去。是他，一定是他，还会有谁这样冷峻而孤傲呢。她心里想着。

赛林悄悄走近一看，愣住了。当她看到面前这个披着外套，睡在冰冷的台阶上的人就是忱子时，顿时惊喜万分。

赛林马上坐在忱子身边，看着他憔悴的面孔，一阵凄凉的痛楚涌入胸窝。冷飕飕的风吹得赛林眼睛发胀,鼻子发酸,热泪扑簌簌地流下来。如果有一天我不在你身边了,你要学会照顾自己,这是我曾经说过的话,可我在你身边时,却要粗暴地伤害你,忱子,对不起!

也许是风把忱子从梦中吹醒,也许是忱子感应到了熟悉温暖的气息。他慢慢睁开了眼睛,看着赛林,默默无言,委屈的心和强忍的泪使他模糊了双眼。

忱子又开始头疼,他从包里拿出随身携带的安定药片,准备吃一粒。

赛林一把夺过药瓶,并用眼神告诉他,不可以。

还没等忱子开口说话,赛林已经将忱子紧紧地搂在自己的怀里,亲吻着他冷冰的嘴唇。

忱子愣住了,他看着赛林,第一次感受到赛林温柔的唇,顿时,备感孤独,苦苦思恋的愁绪如潮水般退去,泪水填满了眼眶。他是一只中箭的鸟,在奄奄一息的瞬间被救活!

你怎么知道我在这儿? 忱子轻声问赛林,他的声音在风中颤抖着。

赛林双手环着忱子的腰,头靠着他的肩说,你跑到哪儿我都能找到你!

忱子抚摸着赛林长长的乌黑发亮的头发说,我妈妈的头发也有这么长,也是这么黑。我小时候就喜欢抓她的头发,我以为她不会疼,因为她总是开心地叫我的名字,然后吻我的脸,吻我的额头。

赛林坐直了身子,她看着忧子晶莹的双眼,又在忧子的唇上轻吻了一下后,解下自己手腕上的那根黄丝带,戴到忧子的手腕上。

我听了那个故事,也听了她为我的祈祷,

她将从不舍弃的信物交给了我,

她像圣女叶丽娅的贞身,温暖安慰我的心房。

我问她为什么要把祝福和祈祷都给我一个人?

她说,只有我笑,她才会笑,

如果我哭,她必定哭!

——忧

忧子和赛林坐在似有似无的月光里,相依相倾,沉浸在如海水涨潮般的挚爱里,感受短暂离别后的醉欢,无端伤害后的慰藉。

滚烫的热吻,若云若烟,若雾若雨,忘记了尘世间的喧哗与烦杂。那一次次的泣血哀伤,一次次透心的悲凉,一次次心灰意冷的彷徨、困惑、渴望、梦想,太多太多的失去与忧伤,两人相对着,一切都在不言中。

在美国,流传着这样一个故事:一个男人入狱几十年,坐在回家的火车上,一直沉默不语。旁边的人都在互相打招呼并介绍自己,尽情地聊天。因为在美国,坐在同一辆车里的人们,即使不认识,也都会互相问候,非常友好,这是他们文明的习俗和礼貌。大家都看着这个男人,不知道他到底有什么心事。于是,有人便上前问这个男人为什么这样不开心,当时整个车厢的人都在注视着这个男人。他便告诉大家,他是刚从监狱出来的，几十年没有见到妻子了。他在信中告诉妻子，如果愿意等他归来，就在家门口的那棵大树上系上黄丝带，证明妻子依然在家等候；如果妻子不愿等他，那么，树上就不会有黄丝带。可已经过了这么多年，这个男人害怕妻子已经离去，所以心情一直很不安。这时，大家都很理解他的心情，便一路安慰着这个男人，为他祈祷，为他祝福。火车慢慢临近他的家门，整个车厢的人都紧张地向车窗外望去，只有这个男人紧握双手，不敢睁开眼睛。当这个男人听到了整个车厢内的一片欢呼与沸腾时，他慢慢地睁开眼睛，看到自己家门口的那棵大树的每个树枝都挂满了黄丝带，远远望去，仿佛一朵朵黄色的花，美丽极了。这个男人激动地亲吻着每一个为他欢呼的人，流出了幸福的泪水。他知道，黄丝带就意味着系住了他的生命，系住了他的爱。他兴奋地向同行的朋友们挥手告别，步伐轻盈地向家里奔去！之后，人们就把黄丝带作为幸福和团圆的象征。我相信只要黄丝带在，不论分离多远，分开时间多长，也总有相聚的那一天。

赛林给忧子讲述了在美国广为流传的《Yellow Ribbon》（黄丝带）的故事。

忧子看看赛林，又看了看手上的黄丝带，突然解下了丝带放回赛林手里，失落地说，我不需要别人的可怜，我觉得我现在的生活很幸福，自由自在，无拘无束。

赛林愣了，她看着忧子半天说不出话来，炽热的兴致一下子消失了。

我知道你是在可怜我，同情我。其实我什么都不缺啊！每个月赚的钱已经超过了一般的白领，想爱我的女孩连我自己都数不清，这样的

人还称得上是个可怜的人吗？忧子故做满足地说。

忧子，我从来没觉得你可怜！赛林表现出了少有的认真态度。

没关系，就算可怜我，你也不会承认的。忧子固执地说。

你怎么会有这样的想法呢？既然我们已经成为这么好的朋友，甚至像亲人一样，你为什么还要这样怀疑我对你的感情？赛林又问。

我不是怀疑，我……算了，我们回家吧，我累了！忧子扭身要走。

你想让我怎么做才肯相信我？赛林在忧子身后大喊着，心情像周末无人叩访的阴雨夜晚，感受到一种无可挽回的绝望。

忧子停下了脚步，低着头。

夜的凝重围绕在忧子的周围，此刻的世界是没有方向的，就像此刻忧子的心，一样没有方向！

赛林走上前，看着忧子。面对赛林温柔而真挚的情感，忧子心里非常难过，他违心地对她说，其实我不想改变什么，不想奢求你的黄丝带，我们还像以前一样，开开心心，好不好？忧子乞求地看着赛林。

赛林失望了，她原以为他们初始那诚挚的情意会使彼此相互走近，使脆弱的心找到归宿，在窘迫的环境下和谐、默契、惬意、开心，可却被忧子那番话拒绝了。同时，她从忧子的眼睛就可以看出，他在尽力地保护自己的心，保护他固执的自尊，好让自己的感情不再因过多的奢望而受到伤害。

不好，你真的开心吗？你根本就不开心，你需要爱，可你连去争取爱的勇气都没有！我认识的忧子不是这样的，他应该是自信的，坚毅的,有爱就说出来的。赛林大声说。

忧子摇着头反驳道,我怎么争取? 你让我拿什么争取? 我什么都没有,我什么都不是,我拿什么给我所爱的人,你明白吗? 所以我什么都不敢去想!

泪水浸满了忧子的眼眶,他的声音回荡在空旷的广场,显得更加单薄。

赛林靠近了忧子,柔情地抚摸着忧子消瘦的面颊,你有我的爱呀,你没想过吗? 在我心里,你是最完美的,而且没有人能代替。让我的爱充实你全部的生命吧,我们一起长大,成熟,我们共同经历风雨,感受人生的各种滋味,不管是阳光还是阴霾,我们都要握紧对方的手,共同去面对,好吗? 赛林有些心痛,流下了眼泪。

忧子再也无法抗拒了,他的泪滴迅速滑落下来的瞬间,他将赛林紧紧地搂在怀中。

这一刻,赛林感受到了一种特别的气息,那是一种坚强、独立、热情、自信的气息,是男人勇敢地渴望爱、给予爱的气息。原本在赛林眼中的那个娇气、依赖、怕黑、软弱的忧子突然间变成了一个坚强的男人。

忧子抱着赛林,仿佛得到了世界上最宝贵的东西。凝视着赛林平时充满火气,这时却满是羞涩的双眼,他的感情已经无法收回了,他的心已无法走出她的微笑。

忧子第一次主动地吻着一个女孩,两人缠绕在一起,这激情几乎洒遍了整个夜的广场。

漆黑无人的广场上,忧子和赛林纯真浪漫的爱在这里显得那么孤

单渺小，却又那么壮美浩大。

忧子跟着赛林，从台阶上走到了凹陷的广场中，这一大块空旷的场地在白天就不会显得这么圣洁和庄严。

赛林坐在广场边第一节台阶上托着下巴，静静注视着忧子的音容笑貌，他的眼神如此晶莹透明，美丽而凄清。此时，在她的眼中，全世界都是一片漆黑，只有忧子是充满色彩的！

忧子一会儿跳着藏族舞，一会儿又跳印度舞，每一个种类的舞蹈几乎都让他跳了一遍。

他飞腾在午夜的广场，绚丽的姿态，时而像夜幕中缓缓而来的飞天，时而像挥翅奔腾的鲲鹏，时而像大海翻动热情的波浪，忘我地快乐在舞的世界里。而他的爱情也被每一个愉悦的舞步表现得淋漓尽致。

终于，忧子累了，他的舞步停了下来，慢慢走近赛林。

忧子拉起赛林的手，赛林的脸上笑容如闪光溢彩般绽放开来。

她站起身，一头扑进了忧子的怀里，双臂搂着忧子的颈部。

两个人在漆黑的广场上演绎着美丽的五彩梦，仿佛世界只有他们两个人。

赛林头靠着忧子的肩，闭着双眼，用风一样的声音说，不要离开我，让我就这么永远睡在你肩上，像睡在云端一样！

放心地睡吧，我保证在你醒来的时候还在云端。忧子的声音也出奇的轻，也像风。

赛林的笑容里闪着光，充满了快乐和满足。

她紧紧地搂着忧子，轻轻地唱了起来：柔情的日子里，生活得不费力气，傻傻看你，只想和你在一起！

听着赛林的歌声，忧子也露出了甜蜜的笑容，那笑容就像深夜的点点灯火，渐渐变成幸福的曙光！

> 如果说爱你，可以相守此生，
>
> 我会在今世说爱你；
>
> 如果说爱你，无法相守今生，
>
> 我会在来世说爱你！
>
> 我不在乎我们用怎样的方式相处，
>
> 我只在乎我们用怎样的感情相对！
>
> ——忧

赛林！忧子轻声说。

嗯？赛林依然闭着双眼靠在忧子肩上享受着遨游爱河的美妙。

你是从什么时候开始爱上我的？忧子问。

你猜！赛林说。

忧子想了想说，是我们搬到一起住以后吗？

赛林摇着头说，不是。

那就是我们刚相逢的时候？忧子又猜。

赛林依然摇头说，不是不是。

那到底是从什么时候，快告诉我呀？忧子忙问。

赛林慢慢地回答，从你说让我往下跳，你会接住我的时候；从你展开双臂准备接我的时候，我就开始喜欢上你了。

忱子一听笑着说，你知道吗，在我听到有人喊救命，又看到你梳着整齐的妹妹头、流着眼泪坐在树枝上的时候，我就知道我永远也忘不掉那一幕了！

真没想到，我们几乎是同时爱上对方的！赛林开心地说。

是呀，我们可是典型的早恋哦！忱子逗趣地说。

两人紧紧相拥，仿佛积攒了近十年的爱，在一分钟之内全部涌泻出来一样。

此刻，他们相信了，原来爱真的是靠缘分的。

听人说，有缘的两个人即使起点背靠背，向相反的方向走去，最终还是会走出一个完整的圆形，然后相遇。赛林幸福地笑着说，她的笑容无比甜美。

忱子也说，抱住你，就好像抱住了整个世界一样，我真满足。

两天后在 Disco 里。

赛林在酒吧的演出结束后，便来到了 Disco。而忱子正好跳完午夜场。

忱子走近赛林关切地问，想喝点什么，赛林摇了摇头。

忱子接着说，雅风刚走，他说雅云不知道跑哪儿去了，几天都没去酒吧，也找不到人。

赛林听后说，应该不会有事吧？

对了，我还没问你呢。那天咱俩吵架，你跑到雅云那里干什么去了？忱子追问。

干什么？喝酒呗，还能干什么？赛林不在意地说。

哼！我才不信呢。忧子说。

怎么，不信？那你当时怎么不拉住我？赛林拍着忧子的头。

这时，两人身边冒出了一个人，像一片突然飘来的乌云，他们顿时扫了兴。

什么时候出院的？忧子淡淡地问。

有一个多星期了。香一回答。

赛林看见香一，心里很不是滋味，忍住性子，抑制自己的情绪，她挪到了一边，要了一瓶可乐，独自喝着。

你还不回去休息，跑这来干吗？忧子不怎么客气。

我哥哥陪我过来的，他在包间，我就过来找你了。香一说。

忧子看了看在一边独自郁闷的赛林，便对香一说，你以后不要来找我了，还是回日本好好上学吧！

这话像一盆凉水泼到香一头上。香一瞟了赛林一眼，暴躁地喊着，就是为了她吗？忧忧，你到底是怎么了呀？她可是个酒水推广呀，这样的女人你还和她在一起？

行了！她是什么女人我心里清楚，用不着你来说三道四的。咱们以后最好别见面了，过去的就让它过去吧，你还是尽快回日本吧！忧子冷冷地说。

这时的香一已经气急败坏了。她喘着粗气喊道，我不会走的，你要是不告诉我为什么和我分手，我是不会走的！

随便你。忧子拉着赛林准备离开。

香——把抓住赛林的胳膊说，不许走，我有话问你！

别理她，我们走。忧子对赛林说。

赛林镇定地松开了忧子的手说,没事,我倒想听听她有什么可问我的!说完,赛林轻蔑地看着香一,等待着她的发问。

香一狠狠地瞪着赛林说,我知道都是你在搞鬼,是你让忧忧离开我的。你到底想怎么样?我告诉你,你弟弟的死和我没关系,是他要跟着我,缠着我不放,我根本不想和他在一起……刚说到这,赛林伸手给了香一一个耳光。

香一顿时泪眼汪汪地捂着自己的半边脸。

阿杰都已经被你害死了,你还在这儿侮辱他,你是不是人啊!我从来没见过像你这么狠毒的女人。告诉你,最好闭上你的臭嘴,别在这儿跟我瞎嚷嚷!赛林终于忍不住了,指着香一的鼻子说。

忧子见状上前,紧紧拉住了赛林的手。

香一气得快要发疯了,她举起吧台上的一个酒瓶就要朝赛林砸去。忧子用力夺下了香一手上的酒瓶扔到一边说,来劲了你?别闹了,你还想干吗呀?忧子把赛林拉到自己身后保护起来,这些举动已经给了香一一个明确的答案。

香一看着这个他心目中神灵般的男人,竟然拉着别的女人的手,竟然将她藏在身后保护起来,而对她却怒目而视,和别的女人站在一起来对付她,她双眼露出委屈、愤怒、仇恨的目光,她多想这目光是箭,穿透赛林和忧子的身体。

她看着忧子和赛林冷漠而敌视的表情,眼泪像断了线的珠子一样掉了下来,然后,冷冷地一笑,竟然平静地说,好吧,我记住了,你们别后悔!说完愤然离去。

赛林坐在吧台边,情绪低落地抽着烟,一丝惆怅的感觉萦绕在沉重的心头。通过她的眼睛,忧子知道她在想阿杰,便没有打扰,只是像以前一样,安静地坐在她身边,默默地给以安慰。

突然,一个女孩拍了一下赛林的肩,赛林回头一看,立刻露出了笑容,卓琪?你怎么来了?

忧子打量了女孩一番。她比赛林高一点,胖一些,身材非常标准、性感。头发不长,烫过,很卷。忧子看着卓琪稳重成熟的打扮,觉得她至少比赛林大3岁,其实她和赛林一样大。

我在后面的包间,跟我过去玩玩,我男朋友也在,你还没见过他呢。卓琪显得既大方又开朗。

不了,我马上要回家,我经常都在这,有什么事给我打电话吧! 赛林婉转拒绝了。

那好吧,我先过去了,回头见!

卓琪走后,赛林和忧子也回了家。

那天晚上,忧子收到了小诺从外地发来的短信。

她现在还在做 Dancer,一个很有钱的男人爱上了她,他们现在交往得很好。小诺可算是找到了依靠,失落的心不再飘忽不定。

不知小诺是否真的找到了自己的真爱,她难道就这样放弃雅风吗?忧子深感疑惑地说。

不会的,这只是她暂时安慰自己失恋伤痛的权宜之计,因为她爱雅风,她才离开,她对雅风的爱始终不渝,不会动摇。让我们为他们祝福吧,希望小诺尽快回到雅风身边,得到她想要的幸福,更希望雅风不要

辜负小诺的一片真情,让爱回归吧。赛林从容地说。

> 也许我是一朵昙花,
>
> 此刻正急切地等待瞬间开放,
>
> 却从没想过开放意味着凋零!
>
> 此时我在生命中挥笔如椽,
>
> 也许正在描绘一朵昙花,
>
> 不知有谁能欣赏到这孤静的短暂,
>
> 能让这一现的时刻变成永生……
>
> ——忧

本来心情还不错,让香一这么一闹,真是不爽!赛林倒在床上说。

打也打了,骂也骂了,你怎么还这么亢奋?香一现在应该比你更不爽!忧子说。

今天我生日,12点刚过香一就来扫兴,我当然亢奋了!赛林理直气壮地说。

我就不喜欢过生日,过一次就意味着要老一岁,我看算了,你就别过了!忧子故意说。

赛林极其不满地看了忧子一眼说,你不祝福我就算了,还说这种话。

忧子看赛林一副不满的表情,笑着说,谁说的,我要好好赞美你一番。

赛林笑了,怎么赞美,我是维纳斯,我是天使。

何止维纳斯,何止天使,你比她们更娴雅温情,光彩照人,纯洁善良,你是美丽的百灵,完美的化身。

那我还是人吗?赛林笑问。

你乃是大智大勇大真大善的使者,嫉恶如仇,扬善哲思,你清苦圣洁,精诚坦然。忧子原本想逗赛林开心,让她高兴,但说着说着便认真起来,他感到这些赞美对赛林来说当之无愧。接着他双手合并说,赛林,我虔诚地为你祈祷,衷心地为你祝福,健康快乐,阿弥陀佛!

看着忧子可爱的表情,赛林开心地笑了起来。

她听了忧子这番真挚的话和他坦诚的深情,心里再多的苦衷和愁绪都会消失,原来幸福的美感其实是痛苦酿就的,此刻她感到自己是世界上最幸福的人。

洗完澡,赛林穿着奶白色的吊带小睡裙,来到了忧子房门外。

你睡了吗?一声温柔、细腻,又加几分乖巧可爱的声音飘进了忧子耳中。

忧子看了看趴在门边的赛林,停下了手中玩着的电脑游戏说,维纳斯,有何吩咐?

赛林噔噔噔跑了进来,坐在忧子身边说,今天我生日,又长了一岁,要是永远都不长大该多好啊。

忧子放了首《我要我们在一起》的歌曲,问道,想要什么礼物?

女孩是需要浪漫的。这可是我和你在一起的第一个生日呦!赛林用她特有的童声嗲嗲地说。

忧子想了想说,好,让我来寻找浪漫吧。然后就开始翻箱倒柜。

过了一会儿,忧子拿着一个盒子递给了赛林,送给你,也许你不喜欢,但是……这是我妈妈留给我唯一的东西!

当赛林听到这个,心里美滋滋地想:虽然看起来很旧,但忧子能把这个送给我,就证明我在他心目中的位置已经很重要了。

赛林欣喜地打开盒子一看,咦?还挺好看的!你妈妈那个年代都有这种款式的墨镜了呀?赛林拿出这个沉睡在盒子里多年的墨镜翻来覆去地看着,一会儿又戴在自己脸上试了又试。

这是我爸爸给我妈妈买的,那天也是妈妈的生日。忧子说着,又坐回电脑前,开始玩游戏,听歌,而赛林只顾对着忧子房间半面墙那么大的镜子试墨镜。

看着这个有些年代的墨镜,赛林随口说,这墨镜应该挺贵的吧?看着蛮精致的。

忧子说,一万九千八百八十八!

啊?忧子的话音刚落,赛林大吃一惊,不可思议地来回看着自己手上的这两块玻璃,并没发现这墨镜有什么特别的地方。你爸爸发财还是发疯?这么奢侈?

这算什么,我爸那个墨镜比我妈这个贵得多呢!忧子毫不在乎地说。

你爸爸干什么的?怎么这么有钱?这个时候,赛林拿着墨镜,生怕自己手软掉在地上。

做生意的呗!以前我们家和雅风家是邻居,都住在城南的别墅区里。雅风家是两层的,我们家有三层。我经常在他家住,雅风也经常来我家住。他开始回忆自己童年的往事。

赛林一听,坐在忧子身边,双臂环着他的脖子,等待发掘忧子内心未知的领域。

唉!后来我爸爸和他的一个朋友合作一笔生意,被那个人骗了,我爸在一夜之间,从一个富翁变成了一个乞丐。他彻底地垮了,所以他选择了结束自己生命的绝路,就像罗曼·罗兰那部不朽名篇中的女主人公安多纳德的爸爸一样,所不同的是我爸爸不是用枪而是用刀结束了自己的生命。那天晚上的月光像刀锋般寒利,照着爸爸惨白的脸。忧子平静地讲述着那晚他看到的一切,也揭开了赛林心中的谜。

那……那你妈妈呢?赛林小心翼翼地问。

她走了,嫁到了很远的地方,偶尔会来个电话。不过我已经快想不起她的样子了。忧子继续说,后来,我进了孤儿院,我的朋友都离开了我,只有雅风一直陪在我身边。他经常从家里拿钱然后来找我,带我出去玩,还买很多东西给我。忧子想起过去那些美好、难忘的记忆,不由得脸上挂起了微笑,充满了悲喜交加的感觉。

此时的忧子并没有显出十分悲痛或伤心,而赛林听后像破译了忧子内心的感情密码,心情却有种难以压抑的痛楚。她摸着忧子的脸,一边爱怜地端详着,一边柔情地说,放心吧,我会给你幸福的,如果我们不能一起幸福地活着,就让我们与痛苦一起同归于尽吧。

忧子沉默不语。赛林感到有点太伤情,忙开玩笑地说,只要你不像传言中那么风流!

忧子反驳说,什么?我风流?像我这么专一、这么正直的新好男人,现在已经很少有了,简直就是翻版的杨过。

什么世道啊，连本市最风骚、最能诱惑女人的钢管舞男竟然说自己是杨过？赛林用手指点着忱子的头说。

你要是出生在盛唐时期，那也算是个京城歌妓呢，还说我？哈哈！忱子哈哈大笑起来。

话音刚落，只见赛林猛冲上去，和忱子扭成了一团厮打起来。只听赛林喊着，你说谁呢你？接着就是忱子"啊啊"的叫声。

当今天变成昨天，明天变成今天，

你我是否还像今天一样，

微笑在无数个明天里？

是否还像今天一样，

虔诚地等待着我们信仰已久的明天？

——忱

那段时间，赛林经常在 Disco 碰到卓琪。

这天，赛林下班又来找忱子，刚坐在美女吧旁边，卓琪跑过来问，又等你的萤火虫呢？赛林拉她坐下开了两瓶酒，边喝边聊着。

因为忱子是夜晚舞台上最引人注目的 Dancer，所以卓琪给他起的绰号就叫萤火虫。

最近干什么呢？赛林问。

呵呵，我找到初恋的感觉了！卓琪脸上洋溢着小女人的幸福表情。

什么？以前那个挺有钱的呢？缘尽啦？赛林觉得奇怪。

和以前那个在一起，根本没有感觉，只有在他刷卡的时候，才会有一点点爽的感觉。这个可是一见钟情的。卓琪说。

满园春色关不住，一枝红杏出墙来，你可别引火烧身呦。赛林想劝说卓琪。

走，我带你去见见他！卓琪不由分说，拉着赛林就往另一个角落的吧台走去。

穿过鼎沸的人群，赛林来到了卓琪的"一见钟情"面前。

雅云，这是我从幼儿园玩到大的好姐妹赛林！卓琪走上去挽着雅云的胳膊说。

雅云一口喝完了一杯红酒，轻蔑地瞟了赛林一眼，转过头和卓琪来了一个激情热烈的吻。

本想看看是怎样一个让卓琪如此倾心的帅哥，可是，一见却使她惊呆了。赛林感到非常尴尬，但又不能露声色。

回到包间，赛林悄悄说，卓琪，你能不能不要玩这种游戏？

不要紧，我和雅云很小心的，不会被那个老男人发现。而且，我是真的爱上了他。卓琪很认真地说。

既然爱他了，就和那个老男人分手呀？赛林坦然地说。

不是这么简单的，赛林，你不了解我的状况，我目前还不能和他分手。卓琪或许有些为难。

鱼与熊掌不能兼得，雅云是我的朋友，我了解他，他是个很认真很投入的人，你这样做会伤害他的，你忍心吗？你曾说过，你那个老男人是黑道上的，万一被他发现，你和雅云不就麻烦了，你想过没有？赛林一再劝说。

你不用说了，我知道该怎么做。正处在热恋当中的卓琪，根本听不

进赛林的任何劝说。

那你一定当心点，好自为之吧。赛林只好无奈地离开了包间。

刚一出门，就看到雅云站在一旁冷冷地看着她。

卓琪在里面等你，赛林说完，准备去找忱子，雅云却一把拉住了赛林的手腕，狠狠地拉着不放。

你想干吗？松手！赛林甩着胳膊。

果然被我说中了，原来你真的爱那个骚男人，哈哈！你还真有眼光！雅云讽刺地说。

我爱谁关你什么事呀？赛林怕被卓琪听到，压低了声音。

在酒精的催化下，雅云的情绪开始激动起来。

就算你爱上个女人，也不关我的事，那是你的自由嘛。雅云说。

那你还那么多废话干什么？让开！赛林小声吼着。

雅云笑了，世界真小，没想到卓琪是你的好朋友，本来只想发泄一下郁闷的心情，现在我该怎么办呢？

雅云，你听好了，最好赶快离开卓琪，不要伤害她，不然对你们俩都没好处！赛林突然平静了。

为什么？我们在一起很开心，根本不存在伤害，怎么？你妒忌吗？雅云非常放肆。

我们都不是小孩子了，不要这么幼稚好不好？我是为你们好，希望你能理智一点！赛林希望雅云能理解她的一片苦心。

谢谢你的好心了，你还是快去看看你那个骚男人又在钢管下勾引谁吧！说完，雅云进了包间。

赛林第一次感到自己这么无能,也第一次感到雅云这么令人厌恶。真想让汹涌的浪涛将这些尘俗的肮脏之物从身边冲涤干净。

虽然时间过得并不快,但雅风却为雅云感到不安。他又在练琴之余来到 Disco。

忱子在舞台上自如地摆动着他的肩膀、腰部和臀部,他将所有人的情绪,一次一次带动起来。

跳完舞下来,见雅风在吧台,忱子有些惊讶,还不抓紧时间练琴,又跑来玩?

最近见雅云了吗? 雅风很严肃地问忱子。忱子茫然地摇着头。

这时,赛林走了过来,沮丧地坐在忱子身后,双手环绕在忱子腰间,靠着忱子纤瘦却很结实的背部。

怎么了? 谁欺负你了? 这可是咱们的地盘! 忱子握着赛林从背后伸到自己胸前的手。

我刚才看见雅云了! 赛林这句话让雅风和忱子的目光立刻集聚过来。

在哪儿看见的? 雅风忙问。

赛林脱口说,在后面一个包间里。

话音刚落,雅风拉着忱子向后面跑去。

当三人来到包间时,里面已经空无一人,乱七八糟的像被人洗劫了一样。

怎么搞的? 这么乱! 忱子奇怪地说。

这死东西,又跑哪儿去了! 雅风有些急躁不安。

赛林,刚才有个男的找你,让你去最后一个豪包找他。一个跳舞的女孩过来说。

忱子一听,拉着赛林说,我跟你一起去。

雅风什么也没说,也跟着一起走过去。

赛林一推开豪包的门,看到几个中年男人在抽着雪茄,呛人的雪茄烟雾弥漫整个包间。

这时,雅风和忱子也跟了进来,忱子愣住了。

赛林慢慢走过去说,青哥,怎么是你呀?

这时,几个人已经将门关死了。赛林心里咯噔一下,浑身上下打了个冷战。

你这个不知道天高地厚的小丫头,还真会给你哥哥找事呀?王青温和的表情和语言中带着威胁,那温和更让人感到一种惶恐。

青哥,我怎么敢给你找事呀?别开玩笑了!赛林的笑容开始有些僵硬了。

钱已经还给你了,你还想怎么样啊?忱子气愤地说,他愤恨王青用色眯眯的眼神盯着赛林。

这时,几个人从里面的房间拉出来了两个人。立刻,紧张的气氛笼罩着整个房间。

雅风看着被殴打得不成样的雅云,怒火中烧,他猛地向王青冲过去,可被人拦住。

你他妈的打我弟弟!雅风第一次这样发火。忱子忙拉住雅风,怕雅风吃眼前亏。

赛林看着卓琪满脸是血的样子,气愤之极,她真想用菜刀把这个老男人给剁了。

还没等赛林开口,王青先发话了,赛林,你不知道卓琪是我的女人吗?怎么还介绍给其他男人?这个男人好像也是你的朋友嘛?

赛林心想:他们两个偷情,怎么都成我的事了?青哥为什么说是我介绍雅云给卓琪认识的呢?难道是卓琪这么给青哥说的?

赛林立刻回头看着卓琪,卓琪靠在墙边,用绝望的眼神和泪水回应着赛林责问的目光,却一句话都不说。

赛林从卓琪愧疚的目光中明白了一切,她不忍心看着卓琪伤痕累累的样子,更不愿再解释什么。只好说,对不起青哥,我不知道她是你的女人,这事都怪我!

在这样的情况下,赛林明知此事与自己无关,为了使好姐妹卓琪摆脱困境,却毅然决然地承认了卓琪和雅云在一起是她的安排!

赛林!你疯了,这怎么可能?忧子急了。

你知道什么呀?这是我的事,你别管!赛林坚定地说,而卓琪的哭声也越来越伤心。

两个人把雅云带到王青身边坐了下来,王青用纸巾擦了擦雅云脸上的血迹说,小伙子,其实我能理解你,生命诚可贵,爱情价更高嘛,坠入爱河难以自拔,所以才会有冲动和不择手段,青哥我也是从你这个年龄过来的。不过这游戏是有规则的,犯规了可就不好了,那贝克·汉姆就算球踢得再好,长得再帅,犯规了,也要被罚下场呢,对不对?其实青哥我也是在教你做人的原则!王青搂着雅云的肩膀,装出一副绅士风度。

一人做事一人当,我做的事我承认,和赛林没关系！雅云拿起青哥给他倒的酒,一口喝完。

哈哈哈哈哈！王青开怀大笑着说,好,我就喜欢爽快仗义的人。其实我并不想太为难你,不过青哥我也是道上有头有脸的人物,出了这种戴绿帽子的事,你让我在这些小弟兄们面前怎么做人呀？

王青又点起雪茄,不紧不慢地说,在我的道上,谁做了这样的事,就该留下一只手,俗话说"第三者插足"嘛；我就砍掉你这第三足！他此时好像忘记了自己充当了多少次第三者。

看在都是赛林的朋友份上,我大人不计小人过,人最重要的还是友情嘛,是吧？赛林也算是我个小妹妹,我就给你打个折吧,留个指头意思一下,让我这老脸也有个地方放嘛,哈哈！说完,王青来到赛林面前,淫笑着摸了摸她的脸说,青哥可够给你面子了啊！说完离开了包间。

赛林忙追了出去,青哥,我求你了,放了我朋友吧？你要心里不爽,我陪你喝酒还不行吗？大不了……大不了你砍我的手！

在包间里,两个男人将雅云拉在桌子前,按着他的一只手平摊在桌子上。

哥,哥,救我,哥！雅云身子动不了,看到一把明晃晃的砍刀在他面前闪着刺眼的光,他有生以来第一次感到如此可怕。

忧子见那男人正准备举刀,他冲了上去,用他那加层的厚底靴一脚跺倒了一个抓着雅云的男人,接着,将吓瘫的雅云使劲往上拉。

拿刀的男人一看,挥刀就朝忧子的背部砍去。

雅风眼疾手快,用手挡住了砸向忧子身上的砍刀,顿时手的缝隙间涌出鲜红的血,顷刻间,鲜血覆盖了手的颜色,也覆盖了忧子眼睛里的颜色。

忧子看到雅风用手紧紧地抓着刀,虎口已被锋利的刀刃深深割了进去,血肉模糊的伤口中可见白色的骨头已经露了出来。忧子看着这残忍的一幕,使他无法继续抑制自己的情绪。猛地一脚上去,将拿刀的人踢倒,他第一次发现自己有这么大的劲,也许是怒不可遏,已到了疯狂的地步。

忧子急忙小心地扶着雅风的手,看着鲜血淋淋的雅风,忧子惊呆了,觉得胸口已喘不上气来。他不知所措,便撕下了自己的白色大 T 恤衫包扎了雅风的手。这双手对雅风来说是多么的重要,它意味着雅风生命之花的绽放,决定着在雅风的音乐世界里的成就。可是,现在却意味着一切将消失在尽头。

操!你他妈的敢动你爷爷,不想活了你!被忧子踢倒的那个拿刀的人站了起来,恶狠狠地冲忧子喊着。又冲上来,朝忧子的身上砍去。

就在他举起刀的那一刻,突然听到一个声音。

行了行了,干什么呀? 说了多少次不要这么冲动嘛,都给我滚开,快点儿滚开! 听到没有? 王青假手于人站在包间门口,仿佛这血淋淋的场面让他感到很意外和遗憾。

王青带着他的人离开了。赛林捂着嘴,睁大眼睛看着那双满是鲜血的钢琴家的手,随即,身体跟着软了下来,靠在墙边。

哥,哥! 雅云带着伤,艰难地爬到雅风脚下。

哥,对……对不起,对不起,都怪我! 雅云痛哭着说,声音抖得厉害,几乎听不清楚他在说什么。眼泪流在他脸上和眼角下的伤口上,让

人看了一阵怜惜。

雅风忍痛一手慢慢抱着雅云，替弟弟擦着脸上的泪和血说，别哭，哥没事，真的。

哥……哥……雅云抽泣着叫雅风。

雅风目光呆滞地盯着自己的手，面容平和，表情冷静。

走，我们快去医院！忧子扶着雅风的胳膊说。

雅风轻轻拨开了忧子的手说，不要紧张，没事的。说着，雅风慢慢朝门口走去，边走边说，太晚了，我该回去练琴了。他洁白的衬衣被鲜血染红了。

雅风迷茫地走在夜色深沉的街上。

他高大的身躯在微风中晃动，像游魂一样固执地在迷途中游荡。那只刚被忧子包扎好的手，已将白布染成了血色，那如泪滴般大小的血水从下垂的手指尖滴下来。

风吹着他的长发凌乱地飞舞在脸前，遮着他红红的却没有泪水的眼眶。

忧子和赛林一直静悄悄地跟在雅风身后，忧子紧紧地握着赛林的手，感到两个人的手都开始发抖。

忧子，我……我们送雅风去医院吧。他在不停地流血，不能再这样走下去了！赛林脸上挂着泪水说。

忧子摇了摇头说，他累了，自然会停下来的。忧子拉着赛林继续跟着雅风，就这样走着，没有尽头地走着。

雅风看着自己流着鲜血的手，走在风中仰天长叹，他望着夜空如此

清丽的明月,迢迢的银河依然在天,寂静中仿佛一首哀歌在无垠天穹回荡。时光飞跑着,雅风像走进了空旷的幻觉,怎么也走不出那悲凉的吟唱。他不知怎样透过迷雾看清这烦恼的青春,不知今后怎样再触动生命的琴弦。

人生是一件痛苦而有价值的事。

这一世,我注定用旋律填补我空洞的生命。

我以为可以用飘逸凌空的音乐荡漾在这无尽的苦难中。

当柔蔓的轻纱飘浮在我眼前,

飘浮在我的黑白世界时,

我感受到了一个错过的季节和一个失落的生命。

冰雪覆盖了我的琴键,而我的旋律将永生,

我因灰暗时光的到来而坠入深渊。

面对峻峭的彼岸,我如何吟唱?

——风

雅风终于昏倒在了街边,手上的滴血仿佛早已流进了他的梦中,使他无论清醒与否,都感受到体内鲜血的流失。

当雅风醒过来时,已经躺在了医院病房的床上。赛林靠在旁边的小沙发上睡着了,她早已筋疲力尽。而忱子坐在雅风床边的椅子上,低着头,也沉沉地睡着。

雅风挣扎着抬起自己的胳膊,两只手都被包扎了起来。

忧子！忧子！雅风轻声叫着忧子。

忧子突然从睡梦中惊醒，他看着雅风，怜惜地说，你总算醒了，感觉怎么样？还疼吗？

雅风看着忧子焦急的神情，嘴角微微弯起，露出了淡淡的、如秋风般美丽却虚弱的笑容，温柔地说，不用担心，我一点都不疼，没事的！

雅风，没事的，别担心，有我在，不管有什么事，我都和你一起支撑，分担所有的艰辛疾苦，不过，你可不要虐待自己，要珍重自己的生命。大夫说了，伤口很快就会好的。忧子安慰着雅风说。

那段时间，忧子和雅云每天都在医院陪着雅风。赛林熬了汤，天天给雅风送。

每当雅风问起忧子：我的手可以痊愈吗？忧子总是劝慰地说，当然可以呀，大夫都说会好的！你现在什么都别想，好好养伤，多喝点赛林熬的汤，这样才会好得快一些！

雅风每天都要反复地问忧子，每当忧子给他这样的答案后，他都会平静地望着窗外，一言不发。

渐渐的，在雅风的脸上，已经寻觅不到曾经灿烂如阳、温柔似水的笑容了。往日在深夜陪伴他的钢琴，现已被他怀中的那本《圣经》所代替。

看着雅风坐在病房的窗边，神思恍惚地望着远方时，忧子的心里总是隐隐作痛。

希望你的手快点好起来,我已经好久没听你弹琴了！忧子坐在床边安慰雅风。

忧子,去帮我买瓶伏特加！

忧子叹了口气说,雅风,等你好了,我陪你喝,想喝多少都可以,但现在绝对不行！酒精会刺激你的伤口。

不！我要喝酒,我要喝酒。这样的日子到底还要折磨我多久？我还要忍受到什么时候？雅风突然放声大喊起来,他的情绪像海浪一样,汹涌澎湃！

忧子忍不住双手按着情绪激动的雅风的双肩。一瞬间,忧子的泪水夺眶而出,他触碰到了雅风颤抖的身体,感受到了他颤抖的心悲伤之极！

尽情地哭吧,你可以不用再压抑你的情感,尽情地哭吧！忧子看着痛苦不堪的雅风,心想:可怜的朋友,现在的你,只有用泪水来平息伤痛了。

在忧子的安慰下,雅风渐渐平静下来,疲惫地睡去了。

在灯光昏暗的酒吧里,赛林坐在一个备受注目却孤单的角落里,钢琴伴奏的旋律配合着她缥缈、悦耳的声线,奏出了那首《我要我们在一起》。

赛林白眼仁中爬满了鲜红的血丝。她坚持着用轻柔的嗓音唱完了几首歌后,拿着当天赚来的钱悄然离开了酒吧。如同这喧闹世界里行色匆匆的过客。

赛林！身后传来一个女孩温柔的声音。

赛林回头一看,当她看到卓琪时,转身继续向前走着。

赛林,你就听我说一句话行吗?卓琪追上前拉住她的胳膊。

还有什么好说的?赛林甩开卓琪的手说。

我不想失去你,真的不想,可是……我……我知道我错了,我当时是真的没有办法,他会打死我的。卓琪紧紧地拉着赛林不放手,慌忙解释着。

赛林苦笑着,什么也不想说,她累了!

我求求你别这样对我好不好?你知道如果我不那样说,那个老男人会打死我的,赛林,他真的会打死我的。卓琪说着,哭了起来。

我该做的已经做了,也已经帮你圆了场,你还想让我做什么?赛林看着卓琪,眉心皱了起来。

卓琪痛哭流涕地说,原谅我吧,我不能失去你这个好朋友,我想我们和以前一样,一起开心,一起痛哭,一起喝得烂醉!好不好赛林?

赛林想着雅风那鲜血淋淋的手,想着雅风像死过不止一次的感觉,她按捺不住心中对卓琪的怨恨,气愤地拉着卓琪到露天酒水摊坐下说,好,想喝酒是吗?想喝醉是吗?我告诉你,因为你的自私,怯懦,你不仅伤害了你自己,也伤害了我们大家,雅风被你害惨了。

赛林狠狠地对卓琪说。她眼中虽然含着泪,眼神却像刀锋般尖锐!

老板,一瓶啤酒,一瓶二锅头。赛林怒气冲冲地拿着啤酒和二锅头倒在一起,给自己倒了一小杯,又给卓琪倒了一小杯说,你不是想喝酒吗?给,喝呀!说完,自己先一口喝完。

卓琪一看,也一口气喝了下去。

赛林又倒了两杯,端起酒杯说,跟雅云玩完了,我也帮你开脱罪名了,那老男人也没把你怎么样。祝你万事如意,干!

就这样,两人你一杯我一杯,连着喝了五六杯,卓琪喝完第五杯的时候,眼睛已经眯成了一条缝,她双手抓着头发,垂着头痛哭着,赛林,我头疼,救救我呀,我头好疼!

看着卓琪痛苦的样子,赛林又恨又气,坐在路边想了好久,犹豫不决,最终想起从小到大一幕幕的情形,赛林还是原谅了卓琪。

赛林扶起卓琪,见她醉醺醺的样子,架着卓琪,向回家的路上走去。

回到家,赛林让卓琪睡在自己的床上,用冰毛巾给卓琪擦了擦灼热的脸,卓琪不省人事地睡着了。

赛林心痛地看着卓琪,她们之间仿佛是一场梦,却不知这是不是梦的结局。

赛林苦恼地坐在客厅,她不知道该用什么样的理由来说服忧子原谅自己最好的朋友,她想,看到卓琪那可悲又可怜的样子,忧子也许会起怜悯之心的,他是那么善良和宽厚!

快到清晨的时候,忧子终于回来了。

他看到赛林坐在客厅抽烟,忙拿掉了赛林手上的烟说,都几点了?不睡觉还抽这么多烟? 不要命了? 忧子的语气很爱怜。在这样的岁月里,大家经过了一些事后,更加懂得了对彼此的珍惜与爱护!

卓琪在我房里。赛林像做错事一样胆怯地说。

话音刚落,忧子一把将背包重重地扔在沙发上,带着极其冷漠的表情回了自己房间。

忧子,我知道你现在还是不能原谅她,但是,她当时也很无奈的,她

也不是情愿那样做，她的本意并没有想要伤害我们任何一个人！赛林忙跟了进去说。

忧子坐在床上抽着烟，看也不看赛林一眼，双眼发出深深的冷光。

卓琪如果当时不用那样的借口脱身，她真的会没命的，你应该知道王青是个什么样的人！赛林继续心平气和地劝着忧子。

你去看看雅风，去看看他现在的样子，人不像人鬼不像鬼。他为了钢琴付出了多少心血你知道吗？可他那双手现在能干什么？你告诉我他能干什么？忧子气愤地大喊着说，雅风 3 岁就开始弹钢琴，这快 20 年的艰苦奋斗就这样轻易地毁在这些混蛋手中，我一想都觉得恶心！

可是……可是就算现在砍掉卓琪的手，雅风的手能恢复吗？卓琪已经受到青哥给她的惩罚了，她也知道自己不该那样，难道我们还不依不饶的，这样有用吗？赛林继续温和地劝说着忧子，希望忧子不要再责怪卓琪。

忧子听了，什么也没说，只是看着窗外深蓝的天空，默不作声。

赛林很清楚地感觉到忧子依然沉浸在与雅风同样的痛苦中。

赛林走上前，蹲在忧子面前，趴在他的腿上望着他说，忧，就算我求你了好不好？卓琪只有我这一个朋友，就像雅风只有你一样。她从小父母就离异了，从来没有人关心过她，也没有人真心爱过她，她对雅云的感情是没有错的呀，她真的很可怜。我们和她的命运都一样，为什么不能原谅她呢？

忧子听后，看着赛林，伸手抚摸着她的面颊，叹了口气说，你想怎么样就怎么样吧！忧子心也软下来，他们宽厚的胸襟和善良的心底，包容了一切，征服了一切。

我们的情缘被我打造成柏拉图式的爱情，

在幻化的滴滴泪珠里，如痴如梦。

那殷殷情切的夕阳，如此哀伤，凄婉，

传递和寄托了她的真情难以割舍。

在我失去一切时，

只要想到她，精神便有了依靠；

在我失去一切时，

如看不到她，就只能呼唤她的名字。

在遥远的地方，

不知她是否能感受到我的思念？

——风

那天之后，卓琪为了弥补自己做的那件错事，经常带着礼物突然出现在忱子和赛林面前。

每当赛林看到卓琪真诚的态度时，都不再去责怪她什么。

慢慢地，忱子和赛林的生活中，多了卓琪的关怀与陪伴。虽然卓琪暗中和王青依然保持着关系，但在赛林他们面前，从不敢暴露。

随着时间的推移，大家仿佛都不愿再去回想一些不愉快的事情，而王青之后也仿佛在这个世界上消失了似的。大家似乎淡忘了一些事，淡忘了一些人，但永远不会淡忘那些曾经凄风苦雨的日子和那些开心快乐的日子。

忱子，我看你喜欢抽 Marlboro，我一个朋友专门卖外烟，我在他那儿拿了两条，绝对纯。卓琪开着车，带着赛林和忱子准备去医院看雅风。

世态炎凉喽！不要只顾着巴结他，我们家里可是我说了算的！赛林坐在副驾驶座对卓琪说。

别怪我不给你拿哦，戒烟可是你自己说的！卓琪笑着说。

不用麻烦你，我抽的也不多，自己买就可以了！忱子看着车窗外对卓琪说。

好好好，就这一次。卓琪说。

雅风在阳光灿烂的白天，总是让护士将自己病房的窗帘全部拉上，使房间里光线暗淡。

今天，护士在给他扎上吊针后，忘记了拉上窗帘就离开了，刺眼的阳光透过玻璃窗，照在雅风的脸上。雅风无法忍受，他慢慢下床，非常小心地向窗户边走去。吊针扎在胳膊上，使他无法再向前了，雅风伸出包满纱布的手，想要去拉窗帘，却只差一点点的距离，怎么也摸不到窗帘。

美丽的落地窗帘"哗啦"一下全部拉了起来，遮住了所有的阳光。一双细长的纤手将窗帘拉上了。

雅风回过头，顿时，眼眶红润。他用缠着纱布，只露出的一小段指头轻轻地抚摸着小诺的脸颊。

小诺微笑着，却已满脸是泪了。

孤独已久的雅风看到自己朝夕思念的女孩在自己最痛苦的时候出现在眼前，感到喜悦和兴奋，同时，又有种刺心的痛。

雅风上前想要将小诺抱在怀里，可吊针太短，胳膊伸不过去。雅风将吊针从血管里拔了出来,顿时,鲜红的血水顺着胳膊涌了出来。雅风上前紧紧地抱着小诺,任凭鲜血纵横。

我听到你在叫我的名字,从早到晚,整夜不停地叫我的名字,所以,我必须回来。小诺伤心地说。

突然,雅风松开抱着小诺的手,走到一边说,你不该在这个时候回来,我最初就选择了钢琴,现在也是一样,我的选择不会改变的。

我不要你的改变,我也知道你不会改变,难道你可以选择钢琴放弃爱情,我就不能选择帮你度过没有钢琴的日子吗?

这对你不公平,你不应该把时间浪费在我身上。

你放心好了,我知道自己在做什么,我只是想在你需要我的时候,陪着你。

雅风看着小诺不可动摇的眼神,抑制着自己伤感的情绪说,那好,我想我们之间有个约定,如果我的手没有恢复,不能再弹琴了,你就必须离开我;如果我的手完全康复了……雅风看着小诺,停了好久才说,如果我完全康复了,我希望你不要再离开我了,好吗?

听了雅风这个美丽又残忍的约定,小诺扑进雅风的怀中,此时,她终于了解了,原来雅风并不是不爱自己,而是因为他爱的太无私了。

到了医院,在雅风的病房,忱子和赛林看到了小诺的身影,两人都感到很意外。

小诺和赛林坐在医院走廊的长椅上聊天。

前两天与忱子发短信时才知道雅风出事了,我就赶紧回来!

小诺,我知道你一定会回来。可是,你那个男朋友呢? 你怎么给他说的?

我回来的时候,就跟他分手了。我告诉他我要回到我最爱的人身边,因为雅风现在需要我。

他那么爱你,对你那么好,你这样做他会答应吗?

小诺笑了,那笑容里包含着无奈与茫然。是的,他在想尽一切办法挽留我,可我给他的最后一句话是对不起,我只有一个真正的选择。他狠狠地打了我一耳光,说再也不想见到我! 我不知道我回来是对还是错,但我只知道我一定要回来! 只要能为雅风做点事,只要能在他痛苦的时候出现在他身边,怎么都值得。

说到这里,赛林对小诺的看法更确定了,她爱雅风已是不可抗拒的事实。她不会伪装自己,不会掩饰自己,也从不放纵自己,她已从单纯走向丰富和成熟。

小诺继续说,现在我只想陪着雅风,我要他血肉丰满、栩栩如生的在我眼前,我不再做那个固执的漂泊人,那个孤单的漂泊人,那个沧桑的漂泊人了。

是呀,你对雅风坚定不移的爱,他总有一天会明白的! 赛林希望小诺不要离花觅春,离水求波,不要再离开他了。

可我不知道回来后面临的是天堂还是苦海,也许,我美好的愿望只是一个错误。

在很多崇尚宗教的国家里,没有信仰的人会被视为是无知、无聊、无信的人。

这些饱受着风雨的洗礼却笑容依然灿烂的年轻人心中,虽然没有宗教形式和礼仪,但追求崇尚精神世界的美好和高尚,就是他们的信仰。

在这追随信仰的道路上,狂风吹着他们艰难的步履,暴雨打在他们纯真的脸上。只为拥有那神圣的理想而不惜一切地去奋斗,为寻找那永恒的爱情去奔波!

平淡的日子在不知不觉中从大家的身边悄悄溜过。

看着一天天快要好起来的双手,雅风坚定了自己的信念,原本愁眉不展的脸上渐渐开始流露出清新透明的微笑。

我的手马上就要好了!雅风开心地对每一个来探望他的人说。

看你多幸运呀,人家伤筋动骨都要一百天呢,你这才不到两个月就好了!忱子也替雅风高兴。

对了忱子,我的琴替我擦了吗?雅风突然问。

要不是小诺,我估计你的那架"命根子"可以和兵马俑一起出土,变成"兵马琴"了,哈哈!忱子又没正经地说,说完把自己乐得够呛!

雅风看着趴在自己床边熟睡的小诺,忍不住抬起手轻轻抚摸着小诺的头。心想:你是蓝色睡梦中变成的蓝色精灵,等我手好了,一定为你弹奏一曲蓝色咏叹调。

小诺醒来,见雅风精神很好,高兴地说,看把你乐的,这下开心啦?

那当然,同志们,我要重出江湖了,今后我们又可以继续歌舞升平,夜夜笙歌了!雅风情绪激荡。

你给我冷静,什么歌舞升平,什么夜夜笙歌?你忘了全国比赛啦?忧子突然严肃地说。

怎么会忘嘛,我只不过想给自己减轻点压力,这次比赛对我来说太重要了。唉!别看在音乐学院我是第一名,到了全国比赛,能进前十名我就心满意足了!雅风平静地说。

先别想这么多,比赛并不是目的,重在参与,就当去玩一趟呗,一次比赛的结果又不能说明什么问题。我从来没参加过什么舞蹈比赛,不照样算得上是本市最杰出的钢管舞男!忧子竖起大拇指指着自己自豪地说。

你就别钢管钢管的啦,当个钢管舞男有没有这么嚣张啊?小诺又用她那好听的嗓音说。

怎么?古人说七十二行行行出状元呢,我是第七十三行!忧子依然正经地说着这不正经的话题。

在雅风和小诺的笑声中,忧子摆出一副桀骜的表情在病房里手舞足蹈,他就是让人感觉到,在他身上永远都有静动区分的状态,永远不能让人忽视的多重性格。

睡梦里,我拉着她的手奔跑在俄罗斯芳香弥漫的田野,

我们在山楂树下,红莓花儿旁,欣赏着传说中的天鹅湖。

她的笑声在我耳边格外清脆,

像是幸福的回声。

那个幽雅恬幻的梦让我哭着醒来,

因为,我知道这一切都只是梦!

——风

雅风的手终于治好了，而忱子的脸色却一天天地憔悴下来。

忱子，你脸色怎么这么差？最近都干什么了？雅风关心地问着。

忱子边打哈欠边说，尘缘的一切是我等小人物无法超脱的，我还能干什么呢！

你看你，眼圈黑得跟熊猫一样，一看就知道没干好事！雅风笑着说。

忱子揉了揉眼睛，又打了个哈欠说，随便说吧，看你今天出院，不扫你的兴。

雅风拨了拨忱子的头发开心地说，走，我们回家！

雅云只跟着哥哥，不怎么说话。

赛林和小诺提前回来收拾雅风那个落满灰尘的房间。不一会儿，雅风、雅云和忱子便推门进来了。

小诺先是倒了五杯红酒说，我们先庆祝雅风这么快康复，喝一杯！

五个人围着雅风的小三角钢琴，举起酒杯，一饮而尽！

雅风放下酒杯，拉出琴凳坐了下来。他打开琴盖，看到雪白的琴键时，心中突然冲动着压抑不住的情绪。那琴是雅风的生命；那琴声是孕育雅风生命的乳汁。

小诺和雅云站在雅风身边，静静地看着雅风望着钢琴时喜悦的神情。

忱子躺在床上，等待着他盼望已久的琴声在房中流淌。

快试试看！赛林焦急地说。

雅风轻轻抬起手腕,手指用力地按击键盘,顿时发出几声不悦耳且零乱的琴声。接着,雅风又用力弹了下去,那琴声依然柔软无力,根本没有乐曲的委婉起伏,激情流畅。雅风看了看站在旁边的小诺和赛林,又低下头,急迫地使劲用双手在琴键上弹了几下。豆大的汗水不知什么时候已经爬上了雅风的额头。

忧子立刻站了起来屏住呼吸,他听着这并不协调的声音,像一阵杂乱声叩击心房,感到阵阵忐忑不安。

忧子,忧子。雅风喊着忧子的名字。

忧子忙上前拉住了雅风的手说,怎么了雅风? 别紧张呀,是不是太久没有碰琴,有点生疏了?

雅云站在一边,也出了一身的汗。

雅风松开忧子的手,继续在钢琴上用力弹着琴键,一遍一遍,琴声依然很无力,无论想用多大的力度去弹琴,声音发出的效果都是一样,手指软弱无力。

雅风,我们不弹了好不好,刚出院,要休息一段时间才能练琴的!小诺上前拉雅风的胳膊。雅风开始愤怒,他用力甩开小诺,开始用双手砸琴。

你疯了? 忧子立刻拉住雅风的胳膊,让他没有办法挣扎。你不要这样,手刚刚好,肌肉没有力气是很正常的,静静在家养一段时间就会好的! 忧子也急忙给雅风解释说。

雅风突然又收回双手,闭起了双眼,微笑着说,没关系,慢慢来吧!

看着雅风抑制住了自己冲动的情绪,大家忙转移话题,谁也不说钢琴的事了。

午
／
夜
／
天
／
使

雅风失落地望着小诺,满腹的痛苦:上帝在跟我开玩笑,在跟我玩游戏,他掖藏天机玄妙,对我不宣之秘啊,忧子,我不要当肖邦,我不要当钢琴家,我是凡夫、是草民! 我要当一个地地道道的阿 Q。雅风想着想着,心中万分激动。

忧子牵强地微笑着说,雅风,别乱想了,这真的很正常,再休息休息吧。

晚上,赛林和小诺建议雅风和她们一起去看忧子跳秀,刚出院应该放松一下。

雅云找借口提前离开,回到自己的酒吧里。看着哥哥雅风这个样子,雅云心中万分后悔,他怨恨自己不该和卓琪这样的女孩玩感情游戏,结果引火烧身,害了自己也害了哥哥。

漆黑寒冷的深夜,犯人们都睡着了,唯独忧子呆坐在自己的床上,肩靠着冰冷的墙壁,大口大口地吸着烟。他感到眼睛酸涩,一阵胀痛,泪水涌满了眼眶。

他用手擦着擦着,就忍不住抱头痛哭起来。眼泪打湿了他手腕上的伤痕,使他不禁想起自己用生命去证实的殉情不是传说。

忧子拿起一条黑纱,一圈一圈缠在手腕上,裹住了那道像划破的湖水一样的伤疤。

冬天的清晨特别的冷。忧子端着脸盆走进了水房。水房的地面结了一层薄薄的冰。

独眼一见忧子，上来夺走了他的脸盆，扔到一边，冲忧子大笑着说，洗什么脸呀，不洗也是个小白脸。独眼身后的人也跟着一起大笑起来。

忧子弯下身去捡自己的脸盆，独眼一脚端在忧子腿肚上，忧子跪倒在地。独眼又接了一盆凉水从忧子头上浇下来。顿时，忧子浑身上下湿漉漉的一片，刺骨的凉水冻得忧子直打颤。

开饭了，犯人们都低着头在吃饭。忧子穿着湿透的衣服，他的脸已经冻得发青，边吃边哆嗦，颤抖的手几乎握不住筷子。

独眼给旁边的人使了个眼色后，那人夺过忧子的碗，往饭里吐了几口口水，奸笑着说，给你加点调料，更有味道，快吃！

忧子终于愤怒了，一把抢过自己的碗，向独眼脸上狠狠砸去。

这时，一伙人冲上去，按住忧子，一阵脚踢。狱警闻声赶来，犯人们又乖乖坐回了自己的位置，只有忧子倒卧在地上，嘴角的血还在流着。

这时的忧子没有眼泪，他心中在暗暗呼唤：赛林，我要这样活活地受尽人间的折磨，我要一点点洗清自己的耻辱和悔恨，不然，就没有办法原谅我自己，更无法去见你。

忧子就像一只小鸟，在迷途中突然受伤，散落的羽毛到处飘零，眼看就要奄奄一息了。

记起雅风说的，忧子是一根被弹断的琴弦。那断裂的琴弦永远不能发声，永远只是一具叫做琴弦的尸体。

大家来到 Disco，忧子换上了他的一条黑色无袖紧身长裙。

又是熟悉的英格玛。忧子依旧踩着第一声重鼓点一个大跨步，迈上了舞台。

忧子一手拿着一根点燃的烟,边舞动着肩膀和胯骨,边用夸张的姿势抽了一大口烟后,将烟扔向台下。香烟落地的瞬间,又点燃了一片骚动的呼声和尖叫声。

忧子陶醉在这为他而疯狂的叫声中,他轻盈地走到雅风、小诺和赛林坐着的圆吧中央的舞台上,面对着雅风,自然地扭动着身体,身体扭动的方向配合着他甩头的方向,总是那么协调,美得无可挑剔!

赛林在吧台静静地望着高高在上的忧子,欣赏着他优美、诱人的动作,感到他是那么绚丽而遥远。他是忧子吗?是那个和我相爱的真实的忧子吗?他此刻是如此华美而遥不可及。

雅风已经很久没有看到忧子跳舞了,当他又重见忧子的身躯摆动时,他的心情似乎放松了许多,忘却很多烦恼。

小诺的心情却只有雅风才能牵引,这个曾经让各种男人觉得高不可攀的小诺,在雅风面前从来都像一只温顺可爱的小鸟一样!爱情能使冰融化,爱情会让风停步,爱情能让我们各种各样的心变得温存而细腻,愿意静静地守候在恋人身边,目光追随他,心更贴近他。

当忧子身上的黑纱飘舞起来时,赛林顺势一把抓住一个裙角,拉着不放。忧子一看,边跳边用很小的动作和赛林抢拉自己的裙子,可赛林就是不愿松手。

忧子只好笑着向赛林挥手示意,让她松开。当忧子转身正准备去拉钢管时,发现裙子还是被赛林拉着,忧子的一个动作失败,差点趴下。

这时忧子使出杀手锏。他转过身,迈开一只脚踩上了吧台,坐在吧

台上的人一见，像有一道闪电劈过来似的，身子忙闪开，叫声却更疯狂了。

忧子俯下身接近赛林，随着身体的起伏一甩头，他的呼吸声掠过赛林耳边，一阵风吹进她耳畔，宝贝儿，别闹。

忧子拿回了自己的裙角，冲着赛林发出了一个诱惑的笑容后，迈开大步走近钢管。

忧子盘旋在钢管上，当他跃起旋转飞舞在钢管上，身上的黑纱跟着身体飘起时，又引起台下的一片沸腾骚动。人们的呼声和哨声随着他的动作此起彼伏。

也许，忧子在众人眼中真的是一个近于完美的形象。

女人爱他，男人也会喜欢他折服他！

跳完舞的忧子刚一下台，立刻朝休息室走去。

他躺在沙发上，虚弱地喘着气，汗水从他的额头不停地滑落下来。

这时，他急躁地满房间找烟。自己还穿着紧身黑纱，身上什么也没有，忧子翻开背包，掏出了一盒卓琪给自己拿的 Marlboro，立刻点了一根大口大口地抽了起来。

你怎么了？赛林跟了进来，看着慌慌张张正在抽烟的忧子问。

忧子手发抖地抽着烟说，没事，可能有点累了。雅风呢？

小诺陪他回去了。忧子，你的手怎么抖得这么厉害？你到底哪儿不舒服？赛林看着忧子神情恍惚，有些害怕。

忧子只是摇摇头，什么也没说。平静了一会儿后，便和赛林回了家。

忧子找到了卓琪拿来的最后几盒烟，一根接一根地抽着。

你疯了你？赛林上前拿掉忧子手中的烟愤愤地说，你说帮我戒烟的，你这样抽，让我怎么戒烟嘛？

忧子听了，默不作声，躺在床上，闭上眼睛安静地睡了。

赛林看着忧子又瘦又黄的小脸，十分心疼，却不知道忧子为什么这一段时间里会有这么大的变化，总觉得他身体和精神都有些不太对头，不知问题出在哪里。

第二天，雅风又迫不及待地坐在了钢琴前，他闭着眼睛，摸了摸琴盖，紧张的表情立刻展现在脸上。

雅风吐了口气，纤长的手指又慢慢放在了琴键上。正准备弹琴的手指却又不听使唤地颤抖起来。雅风收回双手，在房间里来回走了两圈，最后忍不住又坐回到钢琴前。

放松，放松，我太紧张了！不行，我不能让大家看到我现在这个样子！雅风自言自语地说着，又将手放在了琴键上。一次次的失败，一次次地自问：我就这样用时间消磨自信吗？

无论多么用力，雅风依然没有办法指挥这僵硬的手指！

我的手怎么了？我的手到底怎么了？雅风歇斯底里地喊着，哭着，他又开始用手砸琴，砸出的声音粗糙刺耳，像受伤狮子般的吼叫。

此时，雅风已经丧失了肉体上的知觉，刚刚康复的手就这样让他在琴上不停地砸，而他却一点也感觉不到任何疼痛，因为，心中的痛压过了一切。

突然，他一头趴在琴键上，琴键发出哀嚎一样的声音。

雅风！小诺在隔壁房间里听到了雅风暴躁混乱的琴声，忙冲了进来。

她见雅风痛苦地趴在琴上，上前贴近雅风，温柔地说，别心急，我们慢慢来，你不要这样折磨自己！

我真没用，我简直就是个废物！命中注定我不能永远拥有钢琴，早知道我要失去它，为什么要让我这么多年在这个梦里迷醉？雅风边大喊着，边又用手砸琴。

小诺抱住雅风的胳膊说，雅风，你别这样好不好？我求求你了！小诺用尽全身的力气从后面紧紧地抱住雅风，不给他一丝挪动的机会。会好的，雅风，一切都会好的，你还有我，就算你失去一切，我都会永远陪着你。

为什么会这样？小诺，小诺，我这是怎么了？你告诉我，怎么会变成这样？雅风急促地说，也许，是因为我太在乎炫目、太在乎亮丽、太在乎成功，我害怕无人喝彩。

小诺心痛的泪水落在雅风的背上。

没关系，会好起来的，肯定会好起来的，雅风，相信我，这只是暂时的！

雅风靠在小诺的怀中，零乱的长发遮盖着他雾霭般的忧伤。

小诺静静地抱着雅风，虽然流淌着冰冷的泪水，但此时她却柔情似水。雅风，一定要坚强，不要气馁，给自己一个美好的祝愿，给自己一个明媚的笑容，学会爱惜自己，才会懂得爱这个世界，知道吗，雅风。

听完了小诺的一番话，雅风既感动又惊讶，觉得现在的小诺成熟多了，已不再是那个单纯幼稚的只会跳舞的女 Dancer 了。

不要告诉忱子，我不想让他担心我，我要好起来，我一定会好起来的！雅风的情绪有所好转。小诺会意地点了点头。

第二天，雅风和小诺正在看全国钢琴比赛的谱子，忱子兴冲冲地推门进来了。

帅哥驾到，还不请安？忱子逗趣地说。

他怎么今天一来就飙啦？小诺不解地看着雅风问。

就让他飙吧，我已经习惯了！雅风不以为然继续看着自己的谱子。

这哪儿算得上是飙呀？我还没在大马路上跳艳舞呢。忱子说着，拿出一瓶雅风最喜欢喝的雀巢咖啡和 VODKA 说，你这手好了，生活又开始进入美国时间了，给你的"鸟窝"咖啡，还有我答应过你的，现在你手好了，可以喝酒了。对了，弹琴了吗？恢复得怎么样了？忱子的关怀无时不在。

小诺立刻看了看雅风，而雅风却很镇定地说，这点伤还能恢复不好？你把我想的也太没用了吧？藐视我呀？

我现在真是不能张嘴了，不是我飙了，就是我藐视你。好了，时间快到了，帅哥走啦，千万别想我哟！忱子说完，准备去上班。

你等等，你等等，晚上要跳舞，头发怎么乱成这样啦？是不是刚玩CS 现场版，解雷时间不够，让雷给炸了？说着，小诺递给忱子一把梳子让他整理一下头发。

忱子摇摇头说，要的就是这个飘洒飞燕的感觉。说着又用手将自己扎起的拉丝小卷发拨拉了几下，就这么昂首挺胸地走了。

雅风看着忱子滑稽夸张的样子，忍不住笑了起来。

雅风，真的不告诉忱子吗？小诺问雅风。

让我再试一次！雅风的语气显得底气不足。因为这样的实验已经做过无数次，从开始的反常情绪，到了现在宁静得像什么都没有发生一样。所有的希望如同吹散了的蒲公英，一去无法挽回。

他的手虽然可以用上轻微的力量，但是受损的肌肉和韧带已经无法恢复到以前那样的灵活自如和力度。

雅风收回双手，看了看小诺说，昨晚我在梦里遇见我的心雨朋友，他亲切地告诉我，不要伤心，阴暗的日子就会过去，迎接阳光灿烂的明天吧。他就是我的心雨，我在宁静的梦里接受了他的忠告，青春的五彩梦依旧如初！

是吗？梦中的心雨朋友都在勉励你，一定会有希望的，什么时候都不要放弃。小诺也充满信心和希望。

赛林从酒吧下班后，来到 Disco 找忱子。

忱子刚跳完一场秀下来，让赛林去买包 Marlboro。

你怎么老买假烟呀？忱子抽了几口，就扔掉了。

不可能呀，我经常在门口那间超市买的，怎么会有假呢？赛林说着，也点了一根抽了起来。之后纳闷地说，这哪儿是假烟呀？别的烟我不敢说，这 Marlboro 可是我最钟爱的，我还能尝不出来是真是假！

上次卓琪拿的 Marlboro 抽完啦？忱子问。

赛林用异样的眼神看着忱子说，我说我的失忆男友呀，你怎么哪儿都出毛病？卓琪拿的烟八百年前就被你一个人抽完了，你还问我呢？

忱子没顾上理赛林，焦急地出去了。

赛林抽着自己买的烟，回想着忱子近日来的反常举动和日渐消瘦的面孔，心里非常纳闷和更加不安。

天刚蒙蒙亮的时候，忱子突然坐了起来。

赛林被一股呛人的烟味熏醒。一转头，原来忱子又在抽烟。

你怎么了？睡得好好的怎么突然爬起来抽烟？赛林揉了揉眼睛也坐了起来。

忱子忙灭了烟头，躺了下来轻声说，没事，有些失眠！

赛林趴上前，看着可怜的忱子，轻轻抚摸着他的额头说，宝贝儿，你可别让我担心，最近是怎么了？看你瘦的，人家都以为我虐待你呢！

忱子疲惫地摇了摇头后，搂着赛林闭上了双眼说，没事，快睡吧！

赛林温柔地端详着忱子的脸说，我不能让我的宝贝儿受一点点委屈，不然我会恨死我自己的！

忱子依然闭着双眼，更紧地搂着赛林，安静地睡了。

清晨，忱子还没有起床，赛林早早就出了门向超市走去，准备买些东西给忱子好好补补身子。这是她第一次这么心甘情愿地为一个男人买菜做饭，她成了一个纯粹的女人。

刚离开家门，赛林突然觉得心里很不踏实。

这时手机响了。赛林拿起电话。

喂？卓琪呀，什么事？

这几天我去外地了，你最近怎么样？下午我去你家！

行啊,刚好我现在去超市买菜,你早点过来吧!

几天没见,想我了吧?你和忱子还好吗?卓琪询问赛林和忱子的近况。

你还不放心我吗?天塌下来我都不怕。不过忱子最近不知道怎么了,脸又瘦又黄的,我正准备去买点营养的食品给他补补!

好久,电话那边才传来卓琪的声音,赛林,你……你给他买菜做饭?

废话,我是他妈妈,当然要给他做饭啦。

我不认字的时候就认识你了,我怎么不知道你会这么认真对一个男人呀?你别骗我哦,老实说,你和这小萤火虫来真的了?

我不对男人认真,难道我对女人认真去啊?废话这么多,打手机不要钱呀?下午来家里再说!

赛林从超市采购了一大堆东西,心满意足地往家里走。一路上,她脑子里满是忱子,自己也感到纳闷:为什么一离开他,就想立刻见到他,一见到他,就舍不得离开他呢?到底他什么地方这么吸引我?原来我爱他爱得这么彻底!

宝贝儿,我回来了,快起床,看我给你买什么了?性感小内裤!

当赛林看见眼前的一幕时,她的脑子"轰"的一下,全身僵硬,脸色铁青,手里所有的东西"哐啷"一声掉落在地。

紧接着,赛林胸口开始憋闷,心跳加速,气喘吁吁,身子重心不稳向后退了两步!

这时的忱子慢慢抬起头,看了看赛林,眼睛半睁着,身体靠在墙角,尴尬而怯懦地说了声,你回来了?

忧子话音刚落,赛林发疯似的抓起脚下的一袋东西砸了过去,然后上前用力拉着忧子的衣服,狠狠给了他两个嘴巴,大喊,你是不是想死呀?你想死去拿刀去吃药嘛,为什么要碰这玩意儿?我是在用生命爱你,你知道吗?你就这样对我吗?我以为你生病了,每天都在为你担心,一大早就出去给你买吃的,可你他妈的就在家吸这玩意儿,你对得起我吗你?你说呀?赛林一脚踢翻了忧子用来放锡纸和大麻的小凳子。然后,她冰冷而绝望的双眼放着痛恨的光看着忧子。

忧子站着一动不动低着头说,我也不想,可是……不知道怎么了,就是控制不了自己!他不敢看赛林的眼睛,眼眶红红的。

你为什么要碰这玩意儿?为什么这么糊涂!赛林继续歇斯底里地喊着。

对不起,我也不知道这是为什么。忧子无话可辩。

两人沉默了很久,空气焦灼不安地流动着,发出干燥的咝咝声。

什么时候开始的?赛林没有力气再喊了,她的声音开始颤抖,她只感到心疼忧子。

抽了 Marlboro 以后,就开始上瘾了。忧子回答说。

这时,赛林脑中浮现出了忧子开始抽 Marlboro 的情景,那是在卓琪拿来这烟以后,慢慢的,忧子抽烟就越来越凶。

忧子上前,轻轻地乞求地拉着赛林的手。赛林松开了忧子的手,拿了几瓶啤酒进了自己的房间,重重地关上了门。顿时,忧子委屈的眼泪夺眶而出,仿佛世界抛弃了他!

经过反复的验证,赛林终于明白了背叛的含义。那是两个人在有

一定的感情基础上才能犯下的错,如果她们陌生,一切都不会发生,可是她们已经结伴了生命中的部分旅途!

赛林能拿什么去憎恨呢?卓琪的背叛是建立在赛林的信任上的。赛林懊悔地想:这是我对自己的背叛,对自己的惩罚,我一次又一次地相信朋友,我一步一步地将自己逼进死角无处脱身,我用轻信的枷锁将自己越套越紧。而如今,我无话可说!

不一会儿,卓琪来了。

赛林一开门,冷冷地盯着卓琪。

怎么啦?这样看着我?卓琪忙走了进来!

走,到我房间,跟你说点事儿!赛林依然冷冷地说。

呀!你怎么又喝这么多酒?不是戒了吗?卓琪看到地上的几个空酒瓶,奇怪地问。

赛林关上了房门,继续喝着酒说,不戒了,戒什么呀?不抽烟,不喝酒,活着不如一条狗!

你怎么了?和忧子吵架了,还是忧子欺负你啦?卓琪看赛林反常的态度,猜想是和忧子发生矛盾了。

哼!我赛林什么时候让别人欺负过?就他那一尺九的小腰能欺负我?赛林说着,举起酒瓶,一口气就喝了半瓶说,我这是自作自受,都怪我轻易相信朋友,怪我以为友谊可以解决一切难题。

你这到底是怎么了?刚才打电话的时候还好好的,就这么一会儿工夫就不对劲了?卓琪坐在赛林面前问。

赛林看着卓琪苦笑了一下说,上次你给忧子拿的 Marlboro 还有吗?

我现在特别爱抽那种烟!

卓琪愣了一下问,我给忱子拿的烟,都……都让你抽了?

是呀,都让我抽了,抽完那些烟以后,觉得越来越不爽,现在……我抽这个!说着,赛林拿起忱子用过的锡纸和剩下的大麻给卓琪看!

卓琪顿时感到头一昏,僵在了那里,说不出话来。

问你话呢,给我也弄点这玩意儿抽抽!赛林用犀利的眼光看着卓琪。

此刻,卓琪头上冒出了汗珠。她看着赛林不知说什么才好。

沉默了好久,赛林突然将一只刚喝完酒的空酒瓶一把摔在地上,摔得粉碎!卓琪的身子跟着抖了一下。

我当初就不该原谅你!竟然同情你,你当我傻瓜是不是? 一次一次这样害我骗我? 我哪儿对不起你了?

赛林,我……卓琪嘴巴刚张开,赛林便压制不住心中的怒火,一脚上去将卓琪踢倒在墙边,接着就是一个空酒瓶砸了过去,酒瓶碎在卓琪旁边的墙上,摔碎的玻璃片划破了卓琪的胳膊和额头。顿时,这曾经温馨的盛满友谊和爱情的房间变得火药味十足。

卓琪被赛林疯狂的举动吓得捂脸大哭,靠在墙边一动不敢动,只有眼睁睁地看着赛林发怒,知道这次把赛林彻底惹翻了。

忱子在自己房间,听到玻璃瓶摔碎的声音,冲了过来。

他看着赛林披头散发、气势汹汹地站着,而卓琪卧在墙角哭泣,慌张地上前拉着赛林说,赛林,你干什么呀?

赛林整理了一下自己的头发说,如果我不心软带她回来,就不会有今天。我对不起你,这事都怪我!

接着,赛林又踢开酒瓶来到卓琪面前说,你给忱子带的烟里有大麻对不对?

卓琪哭得更厉害了,突然"扑通"一声跪在赛林脚下说,这次我无话可说了,你想怎么都行,我知道你不会再原谅我了。赛林,我对不起你,我真的对不起你,是我干的! 让赛林意想不到的是卓琪竟然爽快地承认了这件事。

赛林一听,突然觉得面前的一切简直让人难以置信,像做梦一样,这真是一个天大的讽刺。

赛林苦笑了两下说,你用这么残忍卑鄙的手段对待你的朋友,难道一句对不起就完了吗? 你告诉我,为什么要这样? 这时的赛林似乎平静了一些。

卓琪擦了擦眼泪说,青哥让我带这烟给忱子,条件是给我一笔钱,这笔钱让我这辈子都不用去奔波了! 我原本想等青哥把钱给我以后,就带忱子去戒毒,我事先已经想好了,可以一举两得,可是……没等卓琪说完,赛林又愤怒又无奈地说,又是那个臭男人,上次的事把雅风害成那个样子,他还想干什么呀? 忱子跟他有什么仇,为什么要找忱子的事? 你……你这个不要脸的女人,你帮他来害我? 就为了那点臭钱吗? 钱对你来说就那么重要吗? 你还这么年轻,为什么不想着自己去挣钱? 竟然愚蠢到去相信一个无耻的男人一次可以给你一辈子的钱,而不惜出卖朋友。我看你真的被那个老男人同化了。

卓琪低下了头。

赛林越说越伤心,豆大的眼泪夺眶而出。她声音颤抖着说,卓琪,我有多爱忱子你是知道的,你和我认识十几年了,这么深的感情,你怎么能这样对我？你怎么这么狠心？你是我唯一的朋友，你就不能让我好好爱他吗？从小到大，只要有人欺负你，我就替你报仇，为你打架，大家都说我比你坚强，可我再坚强，我也是个女孩，我也需要爱呀，你替我想过没有？你这样伤害忱子，比直接伤害我还要残忍，你知道吗？

除了阿杰去世那次，忱子就没见过赛林哭得这样伤心了，自己心里更是难过。他狠狠地瞪着卓琪，真想上去抽她一顿。

我真的没有想要伤害你的意思，我……我是想先拿到那笔钱以后来补偿上次的过错。赛林，我不是你想的那样，真的没有……真的，赛林你相信我。卓琪很后悔地说。赛林从她不安的眼神可以看出，她的确是这么想的。

忱子，我……我不是人，都是我，都是我把你害成这样的！卓琪看着忱子，虽然哭声不大，眼泪却流个不停。

你还有脸说？赛林大喊着，一巴掌抽在了卓琪的脸上，打得卓琪跟跟跄跄地站不稳。

忱子见卓琪已经很后悔了，虽然心里非常憎恨她，但看到眼前这种局面，上前拉赛林，却被赛林一把甩开。

赛林还想说卓琪，只觉得眼前天旋地转，倒下去，什么也不知道了。

当赛林睁开眼睛，就感觉手心热乎乎的。忱子紧握着她的手，低垂着头，看不到他的表情。

赛林收回自己的手，又闭上了眼睛，不忍心看忱子可怜的样子。

宝贝儿，宝贝儿你怎么样了？忱子上前，趴在赛林耳边。

一阵沉默之后，赛林转过身扑向忱子，将他抱在怀里，眼泪早已夺眶而出。

赛林什么也没说,但忧子的心在颤抖,每当他们受伤的时候,心紧紧地依偎在一起,就会有这样的感觉。

别哭了! 忧子轻声说。

我真傻,我怎么能怪你呢? 对不起! 赛林心痛地抱着忧子。

别难过了赛林,别生我的气了好吗? 我能戒掉的,你一定要相信我! 忧子看着赛林。

赛林擦了擦眼泪,心中又涌来一阵惆怅:我哪有钱让他戒毒呀? 我们每个月赚来的钱只够维持生活和平时的开销,戒毒需要一大笔费用啊。

想到这里,赛林靠着忧子瘦弱的身体,眼泪紧跟着又流了下来,暗暗地下定了决心,只要能让忧子好起来,我会不惜一切代价的!

赛林默默地想着:曾经,我看着他雀跃在舞台上,也许那时的他并不快乐,可脸上仍有笑容;如今,他依然徘徊在我眼前,也许此时的他也不快乐,可连那虚假的笑容,都已消失! 到底有什么方法能使他快乐起来? 能使他的笑容真实?

此刻,她已经毫不后悔地做了这样的决定:无论付出什么,只要忧子平安健康!

于是,赛林打起了精神,抚摸着忧子苍白的脸说,别想太多了,我们还没吃饭呢,我今天去超市买了好多你喜欢吃的东西。今晚,要让我一生中的最爱尝到我亲手做的饭! 此时,赛林看着忧子的眼睛依然很明亮,充满幸福的泪。

忧子替赛林整理完零乱的长发,上前轻轻吻着她薄薄的嘴唇。

忧子愧疚的泪滴在了赛林脸上,热热的,而赛林已经分不清这是来自谁的眼泪,来自谁的心。

即使他们体会着不同的心疼和内疚,留下的泪却是一样的伤痛!

赛林趴在忱子的肩上,用手指拨弄着忱子乱乱的小卷发说,是不是和我们一样年龄的人都不会想太远,不会想未来会怎样呀?

谁说的? 你以为都像你一样呀? 忱子温柔地反驳说。

那……你想过我们的将来吗? 赛林无限迷茫地问忱子。

我不敢想太多的将来,我只希望我们能在彼此有生之年的日子里,牵着手一起度过就足够了! 忱子抱着赛林,他不想再失去赛林,因为他失去赛林就等于一无所有了。如今,赛林像上帝赐予他的守护神一样又降临在他的世界里,他怎么也不敢想象她的离开和她的消失会给他带来怎样的致命打击,今生今世,他要与她永不分离。

会的,我们会永远在一起,谁也不许离开谁! 赛林无限伤感,却又很幸福地说。

她眼中含着泪,试图伸手擦掉泪水,可越擦眼泪越汹涌。

对不起,真的对不起! 赛林颤抖的声音带着抽泣,我们每日疲于奔命,心灵融合,感情执著,我有时在想,如果我们远离这烦恼的尘世,到一个闲逸、从容的世外桃源,让我们专注、细腻地延续我们永恒而美丽的故事,那该多好!

忱子更紧地抱着赛林瘦弱的身体说,到那时,我们没有抱怨,没有悔恨,如临清风,如对朗月,沉寂的心一定会唱出动情的歌。

我们说好,今生今世谁也不能丢下谁。赛林像满怀苍凉的心有了归岸一样,坚定地说。

身处窘迫环境下,我们相互依靠着,心里很暖。如果有一天我们不

再这样艰难,是否还会相互依靠呢,是否还能体会到这样的温暖?忱子闭着双眼继续想着:不敢信任任何一个女人,但相信赛林会的,她会在不同的时间里,不同的天空下,用同样不变的爱温暖我,她一定会!

　　我们没有任何华丽的外表和摆设来装饰我们的爱,也许爱的路上满是荆棘与磨难,只要在一起,就算路的尽头是万劫不复的悬崖或万丈深渊的峡谷,我也决不回头。我生活的年代和我的平凡让我从没想过自己也会经历这至死不渝、海枯石烂的爱情,我可以不相信一切,可我决不能不相信爱情不相信他,一个让我爱到死的人! 赛林伏在忱子的肩上,爱与痛交错着。

　　天色暗淡了下来。赛林和忱子吃过饭后,牵着手走在去 Disco 的路上。

　　赛林知道忱子吸毒,不想再让他去跳舞,可忱子认为自己的体力完全没有问题,可以继续工作。

　　越是现在这样,我越要坚持跳舞,加强锻炼嘛,戒毒是很艰苦的,我要先锻炼自己嘛,哈哈! 忱子故作轻松地对赛林说,但事实上,他坚持跳舞是为了赚钱,这样,他才能去戒毒所。

　　赛林说服不了忱子,便陪他去上班。自己也决定再多找几个场子演唱,这样,一晚上多唱几场,自然能多赚点钱。

　　今天我请假了,晚上不用去唱歌,陪你上班。

　　赛林自从做了情调歌手后,就总是一身火辣的打扮:黑色紧身蕾丝小吊带背心,黑色的皮热裤,一双刚到膝下的黑色皮靴显得她的身材更加动人。一头黑色的长发也被染成了深酒红色,随着步伐飘动纠缠在风中。

街上的行人都不断回头看着他俩。人们的目光不只是看赛林像辣妹,因为旁边的一位上身墨绿色衣服,黑色紧身裤角埋在黑色短靴里的帅哥正与她结伴同行。

忱子拉着赛林的手,他的一头棕黄色拉丝小卷发也随风飞舞着,不时遮住他的眼睛。

一路上众人羡慕与惊叹的注视,并没有打扰他们的二人世界,两人紧紧地拉着手,向前走着。

在人们眼里,他们是这个时代最时尚的一对小恋人。从着装可以看出他们的大胆、超前与流行,不卑不亢的笑容中展露着他们心灵深处真诚地渴望自由,渴望爱情,这种不愿被束缚和不羁的性格让很多同龄人渴望与效仿!

可有谁能知道,他们脸上绽放着自由笑容的同时,为了得到这样的自由而流过多少伤心无奈的泪,正在为自己的年少无知和鲁莽付出怎样的代价。

宝贝儿,如果有一天我死了,你会怎么办? 赛林问道。

我会跟你一起死! 忱子毫不犹豫地回答,笑容如同春风。

对了,我们说好永不分开的。如果不分开,当然死也会在一起。那你说,我们怎么死呢? 赛林很顽皮。

我什么都听你的,这个你来决定吧,如果离开这个世界时也能和你在一起,我也算是没有枉生为人。忱子深情地看着赛林。

我觉得呢,咱们做艺人的,形象很重要嘛,一定要快乐、潇洒,所以,

最好一起跳舞跳死、唱歌唱死、喝酒喝死,怎么样?赛林露出她特有的幽默与可爱的笑容,看着忧子。

忧子搂住了赛林的肩一本正经地说,我倒有一个更好的死法!

那你说呀,什么死法?赛林睁大了眼睛问。

我看,不如我们一起老死。忧子故意拉长声音看着赛林的反应。

赛林"扑哧"一声笑了出来,对啊,这个办法真的不错,我怎么没想到。就这么决定了,我们一起老死!两个人边走边调侃着。

虽然在常人眼里这都是些很滑稽的谈笑,但从忧子和赛林口中,经常会听到一些"我要痛苦地生活,这是艺术"诸如此类的语言。也许他们是在冲淡生活中的无聊,用这些刺眼的字眼代替内心深处对生活的挣扎与抵抗!

雅风,我们再试试好吗?你已经几天都没碰过琴了。小诺看雅风只顾着看谱子,却不碰钢琴,心中有些焦急。

雅风摇摇头说,等会儿,我先看看谱子!他总是连头也不抬一下地敷衍小诺。

小诺接着说,可是……还有不到两个月就要比赛了……

行了行了,你别说了,我自己知道。没等小诺说完,雅风暴躁地说。

小诺没有再说什么,冲了杯咖啡放在雅风面前,悄悄地离开了。

雅风静静地坐着,望着他视为生命一样重要的钢琴,目光痴痴的,他感到陌生、胆怯、绝望。

过去,每当看着钢琴的时候,眼中都会充满激情。可现在,无论何时,雅风眼中的那种美丽光彩已经消失,已不复存在!

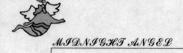
一条伤痕累累的小船靠近属于自己的码头,

那摇摆不定的船体渐渐平静下来。

疲惫不堪,黯然神伤。

我坚信,码头注定在此守候,

小船也会再去经历风浪!

——忧

一条豹纹三角裤,屁股后面加着一条又长又粗的豹子尾巴。颈部挂着一条粗粗的银色链条。蓬乱爆炸的卷发让忧子在台上活像一头狮子和豹子的混合体,略带神秘地踏着粗犷的步伐。在英格玛缥缈梦幻的音乐中,慢慢带出了强壮的鼓点。随即,忧子的步子开始沉稳,他一手像豹子一样搭在钢管上,一手轻轻拉起他长长的尾巴,颈部的链条被自己紧紧地咬在口中。顿时,跟着最强的一声鼓点,忧子发狂似的甩开了尾巴,迈开大步向前跃起,潇洒地将头甩动。

在众人的吼叫声与呐喊声中,他跳起了桌面舞!

看着忧子在舞台上如此洒脱、风光,赛林也暂时忘记了一些令人烦恼的事情。她情不自禁的笑容渐渐浮现在脸上。

突然,电话的震动打断了赛林的沉醉。是青哥打来的。

赛林挂掉电话,看了看竭力投入舞蹈中的忧子,离开了 Disco。

来到一家酒店,赛林看到了王青那张让她感到可恨可恶的面孔。

这面孔像噩梦，像幽灵，为什么总是出现在她的生活中？

我以为你不来呢，原来青哥在你心目中还是有一定分量的嘛，哈哈哈！来来来，今天想喝什么酒啊？王青总是好笑。

此时，赛林已经对他恨之入骨，过去尽管心里再厌恶，表面上也要装出个笑脸，可现在，想让赛林对着王青笑一笑，无论如何也做不到。

我今天不是看你的面子才来，你的面子一钱不值，唆使卓琪给忧子下毒，是卑鄙小人的伎俩，可不是什么光明正大的事，你不是很体面吗？怎么做这种龌龊的事。你不怕我去告你吗？赛林一脸镇定与平静，但语气却很有分量。

王青不紧不慢地给自己到了杯红酒，说，你去呀，你告我呀！证据呢？你未免把事情想得太简单了吧？要是你没告倒我，我还要告你诽谤呢？

你为什么要害我男朋友？赛林质问道。

你男朋友？是你抢来的男朋友吧？王青突然严肃了起来。

就在这个时候，套间里面走出来一个女孩，五彩缤纷的吊带裙显衬出她的身材曲线动人。

顿时，赛林感到惊诧，像是谁给她当头一棒，又像有谁卡住她的脖子一样上不来气。

只见香一傲慢地坐在了王青身边，王青忙为香一斟酒。

此刻，香一洋洋得意地笑了笑，似乎一切都胸有成竹的样子。

这时，赛林已经明白过来，和忧子无怨无仇的王青为什么会让卓琪给忧子下毒了。香一才是整个事件的幕后操纵者。

给你介绍一下，这是我干妹妹，谁要是和她过不去，就等于和我过不去。说完,王青站起来,拍了拍香一的肩膀说,别太冲动哦?

王青奸诈地看了看赛林说,我去洗个澡!小丫头,跟青哥作对,你还太嫩。然后进了套间。留下两个人在客厅,保护香一。

突然,赛林的电话响了。是忧子,他跳完舞后,在舞池和后台到处都找不到赛林,焦急地给她打电话。

我在一个朋友家里,你先回家吧,不用担心。

你在什么地方,我去接你,你等我,我们一起回家。忧子执意说。

别担心,我朋友会送我回去,就这样,拜拜!说完,赛林急忙挂断了电话。

香一来到赛林面前,用狡诈的目光盯着赛林。香一突然抓起身边茶几上的酒杯,满满一杯酒全部泼在了赛林脸上。

赛林痛苦地闭着眼睛,酒水顺着她的头发和脸颊流了下来。

顿时,赛林胸中怒火燃烧,她用手擦了擦眼睛,胳膊一用力,一巴掌打在香一脸上。旁边的两个男人立刻上前死死地拉住了赛林,让她动弹不得。

放开我,你这个臭女人。忧子不爱你,你就用这种卑鄙的手段!有种放开我!赛林一边挣扎着,一边愤怒地大骂香一。

赛林激怒了早已妒火中烧的香一,她轻抚了一下发热疼痛的半边脸,一句话也没说,上前抓住赛林的头发,用她那戴着戒指的手,在一下右一下地抽打在赛林脸上,发出啪、啪的响声。

这是还给你的!香一怒气冲冲地说着,一把抓起玻璃杯在桌上敲碎后,在赛林脸上狠狠地划过去。

刹那间,赛林痛苦地低下了头,没有挣扎和呻吟,只有坚强的喘气声。

香一看着赛林大笑起来,如果没有你的出现,忧子永远是我的,我要让你知道你不应该出现,更不应该和忧子在一起!

这时,赛林感觉到半边脸灼热,热热的血顺着脸颊涌出来,像被火烤一样的痛。

扭着她胳膊的两个男人感到赛林的身体已没有了力气,便松开了手,赛林身子一歪,倒在了地下。

一滴一滴,鲜红的血滴在赛林的手上、身上和地上。她轻轻摸了摸自己的脸,满手的鲜血让她不知所措。

香一慢慢走上前,蹲在赛林面前,用嘲笑的眼神看着赛林说,如果我是你现在这个样子,我就会远远地离开我爱的人。忧子是个多么追求完美的男孩,他要是看到了你这个样子,还能爱你吗? 你已经破相了,美女! 哈哈哈哈!

香一说完,坐回沙发上,翘着二郎腿,边喝着红酒边说,你会需要一大笔钱来整容,忧子又需要一大笔钱来戒毒,怎么办? 我看,只有我能帮上点忙了!

鲜血不停地顺着脸颊滴下来,泪水模糊了赛林的双眼。脑中浮现出了忧子吸毒时的情景和可怜的模样。

为了忧子,你想要我做什么? 赛林问香一。

从小到大,我想要的东西,没有得不到的。你凭什么跟我抢? 你拿什么跟我抢? 你现在还有什么? 有钱? 还是有漂亮脸蛋? 香一自负地问赛林,她想赛林已一无所有,应该知难而退了。

如果你真的爱忧子，就放了他吧，我可以带他去戒毒，我们一起回日本，我可以让他在日本发展他的舞蹈事业，让他成为一个艺术家而不是一个舞男，这可是他一生的理想和追求，你能帮他吗？香一每说一句话都深深地刺痛着赛林的心。

赛林的电话铃声又响了。她一看是忧子，正准备接，却被香一一把夺了过去。

赛林没有反抗，只是低着头，她的心里已经输了，她脸上流着血，眼里流着泪，她的血和泪流在一起，脸上满是无奈的表情。她从来没有向谁低过头，没有向谁认过输，可这次赛林真的认输了。

喂？香一风骚的声音把忧子吓了一跳。

赛林？你不是赛林？忧子从来不会听错赛林的声音。

忧忧，我是香一，我和赛林在一起，她已经告诉我你吸毒的事，你放心好了，我已经答应赛林帮你了！香一一口气说了一大堆。

你说什么呢你？赛林怎么会跟你在一起，你又想干什么呀？把电话给赛林！忧子没好气地对香一说。

香一听了，看着赛林，她逼迫的目光在警告赛林该怎么说话。

赛林此时像万箭穿心一样，她想，只有牺牲自己的爱情和幸福，才能换来忧子的健康，而香一有坚实的物质基础和优越的条件，忧子就会很快戒毒，否则，何时才能攒够钱让忧子戒毒呢？

赛林接过电话，边擦着脸上快要干的血迹，边故意烦躁地说，不是说了让你先回家吗？怎么又打电话？烦不烦呀？

你跟香一在一起干吗？谁让你去找她的？她害你还不够呀？马上回来！忧子气冲冲地喊道。

我不想回去了,我没办法跟一个吸毒的人在一起生活,对不起,忧子! 赛林用颤抖的声音说。

赛林你怎么了? 你对我没有信心吗? 我们不是说好了吗? 你相信我,我一定能戒掉的! 忧子的声音穿过茫茫夜空,像乞求般地说。

我们在一起发生了那么多事,我真的累了,你放了我吧,我已经不想跟你在一起了!

电话那边静止了几秒钟后,忧子着急地说,赛林,是不是香一又给你说什么了? 你别听她的!

不是你想的那样,是我来找她的,有她照顾你我也放心了,可以安心地离开了,不然我会内疚的。

别闹了,你不会这样对我的,我不信。我们刚才还说要死在一起的,你忘了? 忧子的声音更加急迫。

别幼稚了,都什么年代了,这种话你也信? 赛林擦了擦眼泪继续说,其实一开始,我就很同情你,你知道,同情并不代表爱情! 就这样吧! 赛林说完,立刻挂掉了电话,她害怕她控制不住自己的真情流露,她害怕她再被真情控制。她趴在地上痛哭,哭声是那样凄凉无助,她知道忧子现在的心情,而她自己也早已痛不欲生,眼泪顺着脸颊流了下来,全是鲜红的泪滴。

忧子再没打来电话,他被强烈地震撼了,难道命运又在跟他开玩笑? 他已经没有办法再承受更大的痛苦了:难道纯真的爱情只是古老的传言? 难道地老天荒的爱情故事也在滚滚红尘中渐渐淡逝? 难道赛林真的放弃我了? 那我到底还在追随什么? 是生死相许的爱,还是一

阵美丽的青烟,一个短暂的梦,一场天大的玩笑?

真爱不是流星,殉情也不是传说,

可现在,我只拥有期待流星的夜晚,

却没有为你殉情的悬崖。

在这美丽的背后,

我们是在获得重生,

还是在不断杀戮?

——林

放心好了,我会好好照顾忧子的,我一定会比你更爱他。香一知道了忧子家的地址,撇下受伤的赛林,欣然地离开了。

忧忧,忧忧你怎么瘦成这样了呀? 香一来到忧子家里,心情格外激动,她关心地问着忧子。她想,这一次可以安心地守在忧子身边了。

赛林在哪儿呢? 忧子问香一。

香一一副无辜、可怜的样子,忧忧,你别难过,赛林说她不想再回来了,也不想再见到你,所以她拜托我来照顾你。

不可能,你别在我面前演戏了,快告诉我你把赛林藏哪儿去了? 我要见她,我要她亲口对我说。忧子回到自己的房间。

在这个时候,只有我才会关心你,照顾你,如果赛林真的爱你,她为什么要告诉我你是一个瘾君子? 为什么狠心地离开你? 你在她心目中到底算什么,事实已经摆在眼前,别对她抱幻想了,难道你不相信站在

你面前这个真实的人,而相信一个已经无情地抛弃了你的人吗?香一追进忱子房间说。

你不要再说了,我不想听!忱子痛苦地喊着。

忱忱,你别难过,就算过去你误会我,我也不会怪你。我会带你去戒毒,永远陪在你身边!你最终会明白,我才是真正爱你的人!说完,香一替忱子关上了门,让他独自安静。

忱子不愿相信这个突如其来的变化,又开始给赛林拨电话。可这时,赛林的电话已经关机了。

一觉醒来,忱子看着自己旁边空着的枕头,回想着赛林在身边的情景。

他们总喜欢在床上打闹;喜欢躺在一起聊天;喜欢紧紧相拥而睡,他们总以为这样睡去,就会进入同一个梦境。他们连做梦都想在一起。

忱子哭了,他的梦里只有赛林,而自己怎么也靠近不了她。他想,也许再也无法牵起赛林的手,再也无法相依相守。他像个孩子一样伤心地哭了。

忱子拥愁而卧,暗自沉吟。她走了,这次是真的走了,她在给了我刻骨铭心的爱之后,头也不回地走了。而我只能待在这小房子里,如果我走出这个门,未知的无数条寻找她的路我该从哪一条开始找呢?可如果我在这房子里等待,她面前的无数条路,总有一条是通向我身边、通向我们曾经一起生活的小房子的。

忱子想着赛林清瘦的脸庞和花样般的笑容,不由得自己也笑容荡漾,却满面泪光。

安静地躺在这张曾和赛林一起安睡、一起牵手进入梦乡的床上，忱子仰视着，一脸从容、落寞、平静、忧伤！

他默默地拿出身上那把 LanbooII，万念俱灰，回想着赛林的微笑和流泪的样子，回想赛林说过的话：如果我们不能一起幸福，就让我们与痛苦同归于尽吧！

你是我的花，我是你的叶子，风将花瓣吹走了，剩下的叶子也已经失去了存在的意义。在这个世界上，不是所有的叶子都能在花败后等待新的花开。赛林，我这片叶子愿意为花殉情，你相信吗？忱子的眼泪拼命地涌出眼眶，像要淹没他的身体。

忱子用陆战刀向自己的手腕割去，顿时，一股深红色的血水，流进他的手心，染红了洁白的被单。忱子的眼泪依然汹涌，面容却安详而哀伤！

忱忱，忧忱，忧忱你醒醒呀，你别吓我，你快醒醒呀！

忱子隐约听到有人在哭喊。他微微睁开眼睛，白色的墙壁映入眼帘。

你终于醒了，你终于醒了。忱忱，我好害怕，我以为你要永远离开我了！香一趴在忱子床边，难过地说。

忱子这才发现左手手腕上，那被赛林缠绕过黄丝带的地方被纱布裹着厚厚的几层，右手还挂着吊针。

忱子呆呆地望着天花板，脑中一片空白。

忱忱，你怎么这么想不开？为了赛林就这样折磨自己，可她呢？

她根本不考虑你的死活就抛弃你,你不值得为她这样做。她走了,还有我呀,我是永远不会离开你的,你知道吗？看着你这个样子,我心里真的好难受,你现在应该能体会到伤害一个非常爱你的人有多残忍吗？我求你以后不要这样对我,忧忧,我真的很爱你！香一坐在忧子身边,一副可怜兮兮的模样,想重新博得忧子对她的爱和信任。

忧子想要反驳香一所说的话,他不愿听到任何一个人贬低赛林。可现在,他没有力气和激情,他只能默默地、无奈地听着,无话可说。

阴沉潮湿的日子里,忧愁的滋味难以言表。这样又过了两个月。

忧子来到了雅风家中。

那架原本雪白的钢琴此刻已经失去了往日的光泽,无声无息地被冷落在一旁,显得黯然,沉默。

雅风坐在窗前,依然翻着他的乐谱。从背后看,他的头发已经很长了。

忧子放下提包,走到雅风身边轻声喊道,雅风。

听到这熟悉的声音,雅风抬起头,用憔悴的目光看着忧子,而忧子却看到了一个下巴满是胡茬,满目苍凉的落魄艺术家。

忧子眼睛湿了。在这次的全国钢琴比赛中,忧子没有看到雅风。当时忧子还在戒毒中心,那时,他唯一的愿望就是快点康复以后,出来找雅风。

雅风看着忧子发呆了一会儿,突然狠狠一拳上去,将忧子打倒在床上。

忧子在不知所措中慢慢爬起来。

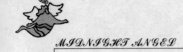
你可以永远都不要再来找我,好把我忘掉! 雅风气愤地说。

看来,忧子戒毒的这两个月里,雅风一直生活在思念与孤独中。而忧子为了不让雅风担心,并没有告诉雅风所发生的一切,只是取消了所有的联络方式,像从人间蒸发了一样。

雅风,其实这些痛苦的日子里,我一直都在牵挂着你。我总是在梦中听到你的责怪,对不起。

看着忧子嘴角流下的血,雅风拿来纸巾,轻轻替忧子擦着说,最近这段日子,我想了许多,我们凡人的奢望太多,只能增添我们的痛苦。别怪我,我只是太担心你了。

忧子沉静地说,怪你? 除非我不了解你。

雅风听后,露出了一丝勉强的笑容说,我这个琴师已经失业好久了。

不约而同的,两人相对一笑,又不约而同地眼泪涌出眼眶。

雅风忙转身,抹去将要流下的泪水说,赛林怎么没来? 你们两个一起消失这么久,难道还没结婚就先度蜜月去了吗?

不要提她了,我现在和香一在一起。忧子简单一句,让雅风很惊讶,原本如此相爱的人,如今也是劳燕分飞了,爱情真的这么脆弱吗? 真的这么不堪一击吗?

雅风看着忧子心痛的表情,安慰说,昨天的我们都已经死了,今天的我们才刚刚诞生,我们不能逆转星月覆辙,但我们可以让记忆从明天开始。

对了,小诺呢? 忧子苦笑了一下问。

这时,雅风内疚地低下头说,她……她走了。那天,我心情不好,和

她大吵了一架,说了一些伤害她的话,之后,小诺就走了,一声不响地走了,她的这次离开,让我真正地感受到了失去的滋味,原来真的很痛苦。

你真过分,小诺对你够好了,至少她不会背叛你,抛弃你,你要怎么样才肯知足呢?忧子劝导着雅风,同时也表露了自己的心情和遭遇。

低头沉思的雅风突然抓起忧子的手,盯着他的手腕说,你的胳膊怎么……

忧子慢慢收回手,抚摸着左手手腕上那条深深的伤痕,心中的痛楚与忧伤全部映在了他忧郁的脸上。

忧子望着窗外深情地说,就算再回首的时候青春早已远走,但总会留下些什么,外表的伤和内心的伤永远抹不去。

我像一片枯黄的落叶,

带着伤痛,带着愤慨,

带着一颗想要飞翔在蓝天的心,

随着那阵冷冷的风,落进深谷,

落进离天堂最远的那个世界,

落进那个我深爱的女巫的怀中。

——忧

离开了雅风家,见香一早已开着车在门外等候了。

忧忧,这次放假,我们一起回日本好不好?不要再回来了!香一边开车边说。

忧子一直看着车窗外,沉默不语。他看着这个熟悉而陌生的城市,回想着过去在这里发生过的熟悉的一切,一阵酸楚和无奈涌上心头。赛林,你在哪里?你真的会狠心地离开我吗?这是个玩笑,快蹦出来吧,告诉我,你是在逗我玩,你让我等得太久了,我快要绝望了。他不愿再往下想。

再说吧! 忱子敷衍着说。

两天后,忱子又来到雅风家,本想跟雅风道别,可雅风家已经没有人了,房东转交给忱子一封雅风留给他的信。

忱子:

也许这是我这辈子做的唯一一件对不起你的事,请原谅我的不辞而别。

我之所以选择了这样离去的方式,是因为我知道,如果我面对着你,就一定狠不下心离开你。

在感情的世界里,只有两个选择,那就是伤害与被伤害。我在伤害了小诺的同时也伤害了自己。

钢琴大赛我没有参加,因为我的左手已经不能弹琴了。我和小诺有个约定,如果我的手没有康复,她就必须离开我;如果我的手完全康复了,她就可以永远留在我身边。那段时间,小诺一直安慰我,照顾我,可我的手最终还是没能完全康复,在情绪低落的一个晚上,我大骂着让她滚开,无情地伤害了她,之后,她就再也没有回来了。当我察觉到这间房子没有了小诺的存在,是如此的空荡荡时,我的心也跟着空荡荡的。如果让我一直背负着伤害了小诺的愧疚与忏悔继续生活在这里,我会很痛苦。所以我决定,不管走遍天涯海角,也要找到她,我要亲口

向她说声"对不起"。

你知道，我理想中的田园是俄罗斯，我想我注定要生活在我的理想国度，因为我已经失去了一切，只剩灵魂支撑着那一点点可怜的精神了。也许小诺会答应和我一起去看看曾经发生过凄美故事的那个天鹅湖；也许我们会一起站在飘着雪花、漫布着淡淡忧伤的白色天空下尽情地吟唱；也许我们还会在静静的顿河旁，边呼吸着稻花的清香，边谈论着我们的忧子是如何在舞蹈着，不过，也有可能是我独自漂流在无数个繁星闪烁的城市里，用一生去实现我的愿望，寻找我的理想，那就是在音乐的天河里，在博大的浩瀚之海漫游。

忧子，这是我第一次远离你，我不敢想以后会怎样，因为我惧怕那些我们互相想念对方的日子。

你知道吗？现在的我，每天都会翻开《圣经》，读着耶和华的教诲。默默祈祷，希望我和你再次见面是在来世。那时，不管你是男是女，我都还要和你有着同样的性别，继续一个兄长或朋友的身份出现在你的生命中，也继续我们今生未完结的手足情谊。或许我们会感动上帝，那时，上帝会赐予我们那真正的亲人的封号，让不同的体内流淌着相同的血液。很可笑对吗？这个世界上所有的事都洞明透彻的如此清晰，现在，我什么事都可以做，就是不能弹琴；我什么地方都可以去，就是无法走到小诺的身边！然而，这样的绝望却又让我变得如此执著。

听，你听到了吗？肖邦的琴声，那是我为你演奏的曲子，你快听呀，快告诉我你正在听，告诉我你听到了我的心声！忧子，亲爱的朋友，一定要记住，来世，当你听到《肖邦第二钢琴协奏曲》时，那将是我出现的时刻,那将是我们相逢的时刻,千万别走开,千万别走远! 我把这讯号留在今生,希望你将它牢记到来世。

你是我一千年前弹断的一根琴弦。今世,上帝派我来将你修复、守护;来世,我会继续拨弄这根完好的弦,继续我们合奏的这绝世的生命乐章。我希望我的手永远不会停,琴弦永远不会断,旋律最终延续到比永远多一天……

你永远的朋友　雅风

信纸上泪迹斑斑,忱子看着雅风留下的震撼人心的文字,压抑不住心中起伏万千的感慨,泪水早已模糊了让他刻骨铭心的字迹。

忱子失落、无助地坐在雅风房门口的台阶上。

今年的冬天特别冷,凛冽的风带着刺骨的寒气穿过忱子的身体。忱子抱头哭着,哭声很小,却很悲痛。

忱子的泪洒在风里,却永远也洒不去他心中的苦闷与怀念。他爱的人——离他而去,只剩这瘦弱的身体在风里不知所措,没有方向!

忱子的很多朋友都没有见过他哭,大家都认为他是最坚强的男孩。可是,外表极其坚强的人,往往内心会有极其脆弱的一面,他外表的坚强只是用来掩饰一切的。

房东阿姨站在不远处自己的房子门口,呆呆地看着痛哭的忱子,一脸的疑惑与无奈、不解与同情。

卓琪等在 Passion Club 门口,凌晨 4 点了,王青从里面醉醺醺地走了出来。

卓琪一见,手里拿着准备好的酒瓶冲上去就朝王青头上砸。王青慌忙一躲,酒瓶歪砸在他头上。卓琪立刻准备继续砸。可在这时,王青的人都出来了,他们拉住了卓琪,使她无法行动。

王八蛋,去死吧,王青,你个恶棍,你对赛林都做了什么?你为什么要不停地去害人,你贩卖毒品,欺男霸女,你什么坏事没干过?卓琪边挣扎着,边歇斯底里地大骂着王青。

王青捂着自己的头,因为砸歪的缘故,伤不严重,没流血。王青见旁边许多围观的人,急忙上了车。剩下的几个男人将卓琪拉到一条小巷子里,劈头盖脑打得卓琪无力站起来。然后他们如影子般快速地消失在黑暗中。

卓琪忍着伤痛悄悄回到家,她没有开灯,蹑手蹑脚地向洗手间走去。突然,客厅的灯亮了,赛林站在她面前。当看清卓琪满脸满身都是伤、狼狈不堪的样子时,赛林有些惊慌,又有些痛心地问,怎么弄成这个样子?谁欺负你了?

没事没事,刚喝了点酒,和别人发生了口角,谁知道人家好多人呢,真倒霉!卓琪轻松地说着,往洗手间走去。

赛林一把拉住了卓琪说,不是告诉过你别去找他吗?怎么不听呢?事情已经发生了,你去有什么用啊?只不过就像这样再被他们多打一次,多一个人受伤。他做的坏事自有天惩罚,法律惩罚,我们的力量能把他怎样?就算你现在把他杀了,又能怎么样呢?怎么做什么事情都不用脑子想?以前就是这样,现在还是这样,什么该做什么不该做还不知道吗?赛林气冲冲地对卓琪说。

那责备的眼神让卓琪不敢抬头看她。

卓琪低着头,轻声说,他那样对你,我怎么都忍不下这口气,就算被打,就算没什么用,我也不能就这么无动于衷。其实还好,我没你想象的那么无能,我用酒瓶砸了他的头,吓得他忙上车就溜了。卓琪勉强微笑地看着赛林说。

顿时,赛林热泪盈眶,边哭边说,你真傻,干吗一个人去啊?你不知道我最喜欢打架吗?怎么不叫我一起去?哭着哭着,赛林上前搂住了卓琪,在她肩上伤心地哭着。

是呀,以前都是你替我打架,每次看到你头破血流地回来,我心里不知道有多难受。现在也轮到我替你出气了,这才体会到你过去的感受,能替我的好姐妹做点事,就算受再多的伤,总觉得很值得,很自豪。今天我才感到自己并不是那么没用!卓琪泪如雨下,边替赛林擦着泪水,边哭着说。

两个女孩紧紧地抱在一起,相互给着对方真挚的安慰,擦着泪,理一理零乱的头发。

赛林趴在卓琪肩上,失声痛哭,自从发生了这么多事以来,赛林从没有这样放声地哭过,她一直坚持着自己的那份坚强,而此时她再也撑不住了,眼泪一下倾泻出来。

我……我不甘心,为什么我不能爱他,我真的不甘心。卓琪,我想忱子,我想他,我想见他,我该怎么办?我求求你告诉我,我什么时候才能再见到他?我就看他一眼,只看一眼,只要看到他很好我就走。为什么要这样对我,我真的爱他,我爱他!赛林的身体随着哭声颤抖着,那哭声让卓琪心疼,更无奈,只有用那同样伤痛的哭声回应着赛林。

　　一个人漫无目的地走在街上，忧子不知道自己的方向，他回忆着曾经和雅风在一起的美好时光，回忆着他们相伴去看音乐会的激动心情，忧子又来到了那个音乐厅。他买了两张票走了进去。

　　人生有许多巧合的事，让人真的不可思议。乐团演奏的正是《肖邦第二钢琴协奏曲》。

　　忧子听着这再熟悉不过的乐曲，眼泪汪汪地凝视着台上的钢琴师。

　　雅风！忧子泪眼蒙眬，仿佛看见那台上正在演奏钢琴的就是雅风，忍不住呼唤着雅风的名字。

　　忧子听着这优美又哀伤的音乐，擦掉了脸上的泪滴，看着身边这个空位，淡淡地一笑，自言自语道，不管你在哪儿，这个位置永远为你留着！

　　音乐会结束后，忧子来到了雅云的酒吧，向雅云诉说了雅风的离去。

　　雅云黯然地笑了笑说，我哥就是这样，他永远都只生活在他自己的理想世界里，不能面对现实，也不想正视事实。

　　那你呢？这个地方快要改建了，你有什么打算？忧子喝着酒问雅云。

　　这个地方我已经转让出去了，过几天就停业。我想回澳大利亚去，我爸爸妈妈知道了我哥的事以后，非常难过，我准备回去继续念书，给他们些安慰。说完，雅云和忧子碰了一杯，一口喝完整杯酒。

　　都走了。天下没有不散的宴席，为什么我们散得这么早？忧子伤感地说。

就你最幸福了,你至少还有赛林陪在身边。雅云羡慕地看着忱子。

哼！赛林？她可是走得最早的一个了。

我不相信,她对你可是真心真意的,谁要是说你一个不字,让她听见,准翻脸。我不知道你们这段时间都发生了什么事,我也不想知道,不过我要告诉你,赛林做事是有她的道理的,她是一个自我牺牲型的人,绝不是一个自私的人,这一点,我想你比我更了解。雅云对忱子说。

忱子苦笑着摇了摇头说,不说了,喝酒！

环视着酒吧的四周及每一个角落,忱子又不禁回忆起曾经大家一起在这里开心的日子。生活就像过眼云烟一样,一点点地飘散,一点点地消失,留下的只是不堪回首的痛！

回到酒店里,忱子的头又开始疼痛,就像以前在 Disco 里一样,好像快要碎裂的痛,难以忍受。看到香一殷勤的笑脸,忱子无可奈何地说,明天就去买机票吧,我跟你一起走！说完,便进了浴室。

忱子将头浸泡在水池里,猛然抬头,从镜中看到自己难过的、依依不舍的脸。

他想快些离开,是为了让自己快些逃避这个给他太多痛苦回忆的地方,因为在他的脑海中,赛林总是不断出现,不管赛林做出什么样的事情,忱子依然爱她,依然不能忘记她,因为他总是忍不住替赛林找一千个理由来说服自己原谅她。

如果小船愿意停泊，

码头也早已被占据，没有空地；

如果码头愿意守候，

小船也可以再次出航，不做停留。

过去的我是小船，找到了属于自己的码头；

现在的我是码头，却等不来我守候的那只小船。

原来码头不必守候，

小船也没想永远地靠岸！

——忧

卓琪来到忧子和赛林住过的地方，那间房子已经没有人住了。本想看看忧子是否会继续住在这里，可卓琪看到的只是空空的房间，里面什么都没有了。

晚上，卓琪又来到 Passion Club，一打听才知道，两个月前，忧子就已经辞职，不在这里跳舞了。

卓琪失望地走在回家的路上，回想着给赛林带来的一切痛苦都是因为自己一时的糊涂所造成的，心里十分内疚和悔恨。本以为可以一举两得，到最后，不但害得忧子吸毒，自己想得到的那些钱王青也没有兑现。最不能忍受的是最后给赛林带来的伤害是无法挽回的。她知道赛林想忧子已愁肠百结，痛苦不堪，她要找遍这个城市的每一个角落，找回忧子，让他们重逢。卓琪还有些存款，都是以前和王青在一起时为自己存的，维持两个女孩起码的生活是没问题了。

边走边懊悔的卓琪隐约听见有人在喊她的名字,四处一看,没有人。正准备继续走,却听到了清楚的一声,那熟悉的声音让卓琪兴奋得一时不敢回头,她怕自己是在做梦。

卓琪镇定了一下,回头一看,忍不住大喊了一声,接着便快速地跑了过去。

卓琪哭了,她激动得快要跪在地上感谢上帝。是忧子,她没有做梦,真的是忧子。

你……你死哪儿去了?我满世界找你,快找疯了!卓琪委屈而又兴奋地哭着。

我刚才看背影像你,原来真的是你。你找我干吗?忧子并不激动,显得既镇静又冷淡,对他来说,见不见卓琪又有什么关系呢,他只是在街上看见她了,便叫了两声。

卓琪拉起忧子的胳膊说,跟我走,去见赛林!

卓琪正准备走,忧子松开她的手冷冷地说,我想,没有这个必要了,明天我就要和香一去日本了。

你说什么你?你要跟香一走?可赛林一直在等你,你这样做太过分了吧。卓琪听了火冒三丈。

有些事已经过去了,我不想再提了。我走了,你们保重!忧子说完,转身准备离开。

你这个笨蛋,傻瓜,赛林做的一切都是为了你,要是没有她,你也不会有今天,你真是天下最大的傻瓜!卓琪气愤地骂着忧子,可眼前却是忧子渐渐消失的背影。

怀着失落和绝望的心情,卓琪无奈地回了家。

　　刚进门，卓琪就听见从赛林房间里传出来的音乐声，又是那首永远不变的歌《我要我们在一起》。赛林常常孤独地唱这首歌，一遍又一遍。

　　卓琪心里很难过，不想打扰赛林，准备轻轻关门。突然，一只手撑住了即将关闭的铁门。

　　是忧子，原来他一直跟着卓琪来到她们的住处。他忍不住对赛林的思念，对很多事情的疑惑，他要亲口问赛林，要她亲自说出心里话。

　　卓琪给忧子讲述了两个月前发生的事情经过。

　　那天晚上，王青打来电话，让我去接赛林。当我走进酒店的房间时，王青和香一已经走了。赛林一个人倒在地上一动不动，满身的伤，满脸的血。后来我才知道，香一威胁赛林离开你，她才出钱让你去戒毒，而且很快就办到。王青让我害你吸毒也是香一出的主意。赛林没有钱，她只好答应离开你，她做的一切都是为了让你早点康复起来。所以，她才会变成今天这个样子。卓琪边说边痛心地哭着。

　　此时，忧子双手捂着脸，身体颤抖着。那透彻心肺的伤感和自责，使他一句话也说不出来。原来这段日子，赛林一直在忍受着伤痛与悲哀，她只能躲在这里思念他。

　　她再也不像以前那么开心热情了。我经常在午夜里听到她的哭声，她说午夜才是能看到你笑容的时刻，才是能看到你翩翩起舞的时刻。有天晚上，赛林又哭了，我陪着她，她的哭声能把我的心震碎。她说她想你，想看看你，可你们在一起那么久，很遗憾连一张照片都没有留下，她后悔极了！说着，卓琪又忍不住抽泣起来。

　　忧子听后，难过地说，不要再说了。他悄悄来到赛林房间门口，赛林默默地站在窗前,忧子看着她忧伤的背影,一阵刺心的裂痛。

慢慢走进去,忧子来到赛林身后,轻声唤着她,赛林,我来了!

赛林没有回头,身体却在颤动。

忧子上前拉着赛林的胳膊,赛林转过了身,仍然低着头,长长的头发遮盖着她的脸庞。

看不到赛林的脸,忧子含着泪,伸手想去拨开赛林的头发。突然,赛林甩开了忧子的手,推开他,跑进洗手间,将门锁住。

忧子追了过去,他趴在门上,轻轻地说,我好想你!

赛林蹲在洗手间里,捂着自己的脸,痛哭着说,你走吧,我不想见你!

赛林,我已经戒毒了,我已经完全康复了,一切都过去了,我们可以重新开始。赛林,让我看看你! 忧子伤心地说。

我们没有办法再回到过去了,你走吧! 赛林悲痛万分地哭着。

你不出来,我就在这儿等,等到你出来。我好不容易才找到你,我是不会走的! 忧子坚定地说。

卓琪,卓琪,快让他走吧,我这个样子怎么见他! 赛林焦急地喊着卓琪。

卓琪和忧子站在洗手间门外,她忙劝道,赛林,快出来吧,我知道你和忧子是分不开的。他来了,你想见的人来了,你不要这样折磨自己,也不要这样折磨忧子了。

赛林,我们说过要在一起,就算死也要死在一起,我相信你不会骗我的! 我现在真的已经失去了一切,只有你了,你说过的,就算我什么都没有,至少还有你的爱,你忘了吗? 忧子真诚的话语既凄然又忧伤。

好久，赛林没有动静。忧子静静地站在门前，等待着。他知道赛林放不下他，无时无刻都在想他。

洗手间的门慢慢打开了。忧子顺手推开门，看着站在自己面前的赛林，她低垂着头，依然看不到表情。

忧子看着这熟悉的身影、熟悉的发色、熟悉的姿态和气息，他浅浅地一笑，笑里净是辛酸。

忧子伸手，轻抚着赛林被长发遮盖的小脸，指间传递着安慰和温暖。

这时，赛林慢慢抬起了头，长发从脸颊两边滑落到耳边，脸上深深的疤痕露了出来。

顿时，忧子的心颤动了一下，一股揪心的痛涌上心头，涌上鼻腔，最后全部从眼中潸然涌出。

真的不想让你看到我这个样子，一定很难看吧？赛林望着面前这个她日思夜想的爱人，眼中含着晶莹的泪。

忧子双手捧着赛林的脸，脸上那长长的伤疤被忧子用手捂着。忧子看着赛林的目光，没有变的依然是那充满了凄凉、忧郁和执著的深深的爱情。

我的赛林在我心中永远都不会变，就像自然之轨不改初衷，永远都是最美丽的女人！忧子心痛地说。

赛林晶莹的泪挂在脸上，慢慢滑下。忧子看着悲切委屈的赛林，他轻轻上前吻着赛林的面颊，吻去了赛林的泪珠，温存地吻着赛林脸上的疤痕！

你一定很恨我！赛林望着忧子充满呵护的眼神说。

忱子摇了摇头什么也没说,他脱下衣服。赛林看着忱子左边锁骨上纹有一条长长的字母。顿时,赛林的眼泪更加汹涌了,她轻轻抚摸着忱子锁骨上黑蓝色的赛林两个字的字母,更紧地抱住了忱子。

不管发生什么事,你只要记住,赛林的姓名永远地刻在了一个爱你的男人身上,永远!忱子紧紧握着赛林的手。

我会的,不管发生什么事,我都会记得,我的姓名永远地刻在了一个我爱的男人身上,永远抹不掉!赛林感动地说。

意外的重逢使忱子惊喜不已,一切疑问、困惑都已解开,顿感冰雪消融,爱神又露出欣慰的笑脸。虽然时空在天地律动中游弋,但他们相互思念的痛楚,恋念的苦衷始终没有走出彼此的心路,苦苦地呼唤与哭泣,让失去的终又再归来。

赛林以为忱子永远不会明白真相,就让那颗纯粹的心默默停泊在爱的回忆中。可是,他们再回首、再相逢是命运注定的情缘,对于上帝的仁慈,他们更加珍惜在一起的日子。

赛林,我没告诉忱子所有的事情,他还不知道王青对你所做的一切,既然事情已经过去了,就别再提了,说出来对你们两个都不好。卓琪拉着赛林的手,交代着说。

可是,万一有一天他知道了,更不好。我应该找个机会告诉他,如果他真的爱我,就不会介意这件事的,你说呢?

要是我,我一定不会说的,男人和女人不一样,他再爱你,和这是两回事,我可是为你好,你们经历了这么多,好不容易团聚了、平静了,你

想再弄出点事来呀？赛林,听我的没错,千万别告诉忧子。

赛林皱着眉头,心中无限惆怅,这残忍的遭遇使她陷入两难的境地,她不能再失去忧子了。

忧子回到了香一住的酒店。

你上哪儿去了？怎么也找不到你,你难道不知道我们今天要回日本吗？香一有些急躁地说。

我要留下,我不能跟你走！忧子突然说。

你在说什么？昨天还好好的,一晚上不见就改变主意啦？票我都买好了！

我根本不爱你！

香一愣住了,她吃惊地看着忧子说,我为你做了这么多,你现在一句不爱我就完了？

为我？那是为你自己。你从来就不可能为别人做什么,你所做的一切都是为了满足你自私任性的欲望。你为了自己的幸福不惜损害和葬送别人的幸福与前程,你用如此狠毒的手段欺骗你爱的人,我怎么可能爱你,不可能,永远都不可能。忧子反驳道。

难道我爱一个人也有错吗？香一看到忧子这样说,突然哭了起来。

哼！你所做的一切你自己心里清楚！顺便告诉你,我已经找到赛林了,我不会再让她离开我了！

我……我有什么错？我没有,你不要听她乱讲！她是一个下贱的女孩,她贫穷无知,现在还丑陋不堪,她根本不配和你在一起！香一大喊着。

忱子狠狠瞪了香一一眼，随便你怎么说，我们到此为止！说完，忱子正准备出门。

香一扑上去死死地抱住忱子说，我好不容易才和你在一起，你别走，别扔下我一个人好不好？我求你了。忱忱，没有你我活不下去的，你不能扔下我不管，我才是最爱你的人！香一哭着。

忱子一把甩开香一，她差点倒在地下，这时的香一吃惊地看着忱子，她没想到忱子竟然会如此厌恶自己。她站在忱子面前，气愤地喊着，你到底想怎么样啊？为什么我做什么你都不能喜欢我？难道要我为你去死你才愿意啊？

就算你为我去死，我也不会多看你一眼！忱子绝情地说。

为什么？为什么你这么讨厌我？我哪一点比不上赛林？她这个烂货，已经被……

还没等香一说完，"啪"一声，忱子狠狠抽了香一一巴掌，香一猛的摔倒在墙边。

你永远都比不上赛林，你的恶毒与狭隘让你变得丑陋、无耻，我心里只有赛林！忱子看着香一愤怒之极，如果香一是男人，忱子真想一刀宰了他。

香一傻傻地看着忱子，这是她有生以来第一次被人最彻底最直接地斥责得一文不值。忱子既然已经知道了一切，分手是不可挽回的定局。

这时，忱子慢慢来到香一面前，伏下身说，我真想乞求上帝再也别让我看到你，我怕再看到你会忍不住杀了你！说完，忱子头也不回地走了。他说的每一个字都深深地扎在香一心里，她感到这一次她和忱子

是彻底完了,永远结束了。

香一坐在地上愣了许久后,无奈地收拾着行李。

忱子,忱子。旁边床上的犯人用力摇着忱子。

突然,忱子从梦中惊醒。在他睁眼的瞬间,眼泪跟着流了出来。

这才发现,枕头已经湿了一片。

他精神恍惚地坐了起来,擦了擦眼泪说,对不起,又吵到你了!

你没事吧? 每天都这样哭,还受得了吗? 那个犯人说。

这时,忱子看到牢房里所有的人都没有睡,都在看着他,看着他手中紧握的那件沾满血迹的白纱。

那血迹如同雪中的红梅般绽放。那不是血腥的气味,而是浓浓的爱、生离死别的爱。

一个犯人又想打忱子,被另一个犯人拉开了,劝说着,算了,再这样打下去,非把他给打死不可。别管他,睡觉了睡觉了!

忱子看了看表,又一个午夜,一个死一般寂静的午夜。

别想太多了,快睡吧。那个劝他的囚犯说完,大家都躺下了。

忱子将孤单的身体蜷缩在墙角,双手捧着这块满是鲜血的白纱,心如刀割,痛不欲生。

不知道现在 Passion Club 里的美女吧里是不是有着和你一样美丽

的酒水推广？不知道吧台边会坐着一个什么样的钢琴家？不知道闪耀

的舞台上又换上了什么样的 Dancer 在狂舞？我想，你是我生命中的歌

手、永世难忘的女人；他是我心中永远无人能比的钢琴家；我也是最棒

的 Dancer。

忧子将头垂下，永远都不去擦那流不完的泪……

终于，赛林又回到了忧子的身边。他们重新租了房子，安置了一个

简单却很温馨的小家。

忧子，我……我……赛林话到嘴边就被忧子堵了回去。

我知道你想说什么，你就放心吧，Passion Club 那边我已经联系好

了，老板让我尽快去上班。我跟他推辞了一下，他吓得二话没说就把薪

水给我加到五千了，咱俩一个月有这么多钱，还怕不够吗？你的任务就

是在家乖乖的，什么心也别操！忧子躺在卧室的大床上，抓起一个公仔

史诺比抱在怀里。

你以为你养了只猫呀？乖乖的！赛林好像不太满意。

我已经计划好了，现阶段你就先忍一下啦。我们每个月生活用两

千，剩下三千存起来，半年后，我就有钱带你去医院了。说着，忧子伏在

赛林面前，轻柔地摸着赛林脸上的伤疤继续说，我不会让它留在你脸上

的！

此时，赛林又忍不住热泪盈眶，她躺在忧子怀里，享受着来自爱情

天堂里的气息。

以前的赛林哪儿去了，怎么现在变得这么娇气？爱爬树的班长很

少会哭的,除非被困在树上下不来。忱子安慰赛林,他不愿再让自己心爱的女人再流一滴泪了。

赛林听忱子这么一说,忍不住笑了起来。

人的一生中,身边会出现很多同路人,

却没有一个人可以陪自己走完这一生。

生命便是由这许多的路人拼凑起来的回忆。

当我走到了路的尽头,

记忆中便是那个和我一起走过最艰苦历程的人。

——忱

准备上班了,忱子又拿出了自己那许许多多的演出服,一件一件地选着。

赛林拉出一条长型的白纱折成三角形,斜肩给忱子一系,露出忱子一边性感的肩膀和腰部。

别动,让我给你设计一身衣服!说着,赛林又拉起一条长纱同样折成三角形系在忱子的胯部。就这样,一身白纱做的不等式演出服就诞生了。

晚上跳舞就穿这身吧,里面一定要穿你那条黑色的三角裤呦!赛林很满意自己的杰作。

忱子在大镜子前,拨弄着自己长长的、爆炸的卷发说,晚上一起去吧?

不不不,我不去,我在家等你!赛林不假思索地拒绝道。

你忘了以前你每天唱完歌都去 Disco 等我下班吗？我们不是说好要重新回到以前的生活吗？

赛林犹豫着说，以前是以前，现在不一样了！

这时，忱子一把将赛林拉到镜子前说，你看，有什么不一样？你就是怕人家看到你的伤嘛，其实根本看不到的，你的伤在脸侧面，这么长的头发都已经遮住啦！而且，你一个人在家，我怕你会寂寞，跟我一起去吧，有你在我身边，我会觉得一切行动都是有意义的。

赛林照着镜子，的确是看不到脸上的伤。犹豫了好久，赛林才勉强同意了。她将拉直过的红色长发梳在耳朵前，巧妙地遮住了伤疤。

两个时尚的年轻人牵着手，开心地走在落日的余晖下，整个城市似乎也洋溢着幸福浪漫的气息。

温柔的月亮挂在中天，舒缓明亮，妩媚艳丽。两颗相印之心经过太多太多的伤痛后，悲喜交加地重逢了，所有的故事之后，脆弱的心走向更加的坚强。

踏入久违的 Passion Club，那呛人的烟味依然弥漫，那迷乱的灯光依然跳跃，让人一进门就眼花缭乱。赛林坐在当年自己当酒水推广时驻扎的美女吧前。如今，吧台里没有一个熟悉的面孔，可"花朵"个个鲜艳夺目，因为 Disco 里要不断更换新血液。

忱子换好了赛林为他创作的服装，从包间走了出来。上下都是白纱，黑色三角裤和黑色厚底靴，看上去，就有种清新脱俗的感觉。

在这个城市的 Disco 里有很多像忱子这样的男领舞，大家的服饰都

差不多,不是黑色紧身背心,就是黑纱衬衣。而忧子总是穿的与其他Dancer不一样,他有名气除了他的舞艺无与伦比,他独特的服装也是原因之一。

12 点,忧子又登上了属于他的舞台,登上了这个让他欢喜让他忧的舞台。

舞台上流光溢彩,绮艳绚丽。赛林的目光里洋溢着无限的柔情爱意。

早已听得乏味的尖叫声跑满全场,忧子立刻露出表演性的笑容,虽有些勉强,但的确很吸引人。一个崭新的忧子出现在舞台上。他爱这舞台,从前他喜欢并陶醉于众人的欢呼宠爱,喜欢聚光灯下的风光及成就感,而从此后,他更是为赛林在舞蹈,他要快些攒够手术的钱送赛林进医院,他要用忘我的舞蹈开创他和赛林美好的生活。他们会有一个真正的家,有个可爱的孩子⋯⋯

白纱随着他的肢体婆娑起舞,看着忧子健美的舞姿,让人不由得想到敦煌那漫天飘逸的小天使。

忧子的抬臂,使台下众人高举双手;忧子的扭腰,让舞池中人们的身体互相碰撞;忧子的一个笑容,让台下的人个个笑逐颜开。总之忧子一个小小的具有煽动性的动作,都会使人们不知不觉地如痴如狂。

赛林拿着纸巾替刚穿上衣服的忧子擦着头上的汗水。忧子急促地喘着气坐在赛林身边,像一个刚回到家人身边的孩子,他疲惫地靠在赛林的肩上。

我决定以后只在这里跳舞。忧子说。

啊？为什么？我觉得每间 Disco 都没有太大的区别，都是这么吵闹。赛林说。

这个美女吧可是咱俩见面的地方，你忘了？忧子搂着赛林说。

赛林一听，笑了起来。她拍着忧子的头说，现在是 21 世纪了，这种情话早过时了！

谁说的？就算现在 31 世纪，情话的主题还是"我爱你"，就像我的心一样，永远不会变！忧子说着，吻着赛林。抛开了周围的一切，两人激情拥吻着，给这迷乱的世界增添了一道浪漫的风景。

跳完午夜的 Show，就要开始跳吧台。忧子休息了一会儿，便站在一个圆吧中间的台子上领舞。

正在他用完美的肢体挥洒自如地演绎着 Table（桌面舞）时，忧子眼前出现了一个熟悉的面孔。

只见王青带着一帮人摇摇晃晃地走进豪包，一伙狐群狗党也一副耀武扬威的样子。

忧子憎恨地盯着王青可恶的面孔，回想起了自己被王青坑害而吸毒的痛苦情形。心想：他们看起来是在此消费的客人，而其实他们是以此为掩护，常在这里干一些贩毒的勾当，否则，他们怎么有钱整日出入这种场合，今天又不知要做什么坏事。忧子看这场舞的时间差不多了，他做了个结束的动作，敏捷地跳开，猫一样跟上王青，悄悄地跟在他们后面，耳朵贴在包间门上，仔细偷听他们的谈话。

王青慢腾腾地说，上次的药钱还没给，这次你还想要？怎么开价？

一个声音哀求着，青哥，我是怎么抽上的，你心里明白，我又不是自

己想抽那玩意儿,是你害了我。我把家里的东西都卖光了,钱是没有了,你看着办吧。那个人已经绝望了,因为他的声音已是气若游丝。

王青站起身,把那人踢了个仰面朝天,狠狠骂道,滚你妈的,没钱你说什么呢? 你去死吧。

忧子听到这里,心里早已恨得咬牙切齿,怎么办,他在门外脑子里快速地闪着各种方法,打110吗? 公安人员能及时赶来吗? 能抓个现场吗? 王青能承认吗? 来不及多想,忧子猛地一脚踹开了门,指着王青大骂,王青,小心作孽太多了,早晚遭报。

王青一愣,见忧子气冲冲的样子,淫笑了两声说,你个兔崽子还来管我的事? 你的宝贝儿赛林都让我玩儿过了,你还好意思来找我,是不是想来谢谢你哥哥给你送的绿帽子呀? 哈哈哈哈……

顿时,忧子的心猛然颤动起来,你他妈的再胡说,小心我宰了你。

你还不相信? 你自己去问赛林呀,不过,估计她也不好意思告诉你。

忧子。赛林已跟了进来。

忧子激动地看着赛林问,这个畜生对你做了什么?

他是个畜生,他不是人,会有人来收拾他的。忧子,我们走。赛林气愤地拉着忧子。

忧子恼羞成怒,不顾一切地扑向王青。

忧子! 忧子! 赛林喊着,试图想拉住冲动的忧子,却被忧子用力甩开。

在他还没能接近王青时,王青的手下便扑过来揪住他拳打脚踢。

好好教训他一顿,否则他不会知道我青哥的厉害。王青镇定地坐在沙发上,一脸狰狞。

包间里乱成一团,几个陪酒都吓得跑了出去。

一想到王青对赛林和自己的伤害,忧子愤怒至极,冲动的情绪就像利箭离弦一样射出,脑中只有一个念头就是:一定要宰了这个畜生。他的手本能地摸到了腰间那把陆战刀,平常跳舞时,它都在他的腰间及靴子上起装饰作用,他从不让这刀离开自己,这也是忧子内心习惯了的安全感。

愤怒的忧子像被魔法支配一样,快速地握刀向王青扑去,这是所有人预想不到的。他挥刀狠狠地扎在了王青的肚子上,一刀、两刀、忧子的仇恨像冲破牢笼的怒狮般狂吼着向王青身上扑去。王青立即发出嗷嗷地嚎叫。

突然有人拉住了忧子的胳膊,忧子的手本能地向后一挥,知觉告诉他,刀子扎在了另一处。

忧子回头一看,头"嗡"的一声,全身发软,刀,掉在了地上。

赛林向后退了两步,伸手摸着自己颈部,睁大眼睛望着他,倒下了。

赛林!忧子急忙上去将赛林抱起。他清楚地看到赛林的颈部喷出鲜红的血。

忧子恐惧地看着赛林,瞬间脸色煞白,嘴唇颤抖。

这是他第一次感到脑中一片空白的恐怖。像被隔离到另一个孤独的世界。

赛林极力睁着眼睛,她的身体抽搐着,鲜血流满全身。

忧……忧……忧子!她只能发出微弱的呼唤,没有声音,只有呼吸时微弱的气流声。

眼泪模糊了忱子的双眼,他紧握着赛林的手,说不出话来。

赛林露出忱子从没见过的痛苦表情,颤抖着身体,脖子不断有血向外涌出,温暖的、柔情的血从赛林的脖颈涌出来,那是赛林的生命之花尽情地绽放、绽放、放到极至,开到最累。她想说话,可怎么也说不出来。

忱子伸手捂着赛林的脖子,捂着那条不停向外淌血的伤口。立刻,鲜血染红了忱子的手。捂住这伤口,阻止血流淌,就能阻止赛林的痛楚,就能挽留赛林离去的脚步。就像小的时候,在树下接住赛林,就能保护她不让她摔伤。忱子像个孩子般,痴痴地跪在地上,用手去堵那温热的流淌。他忘记了周围的事情,他不记得王青为什么会在血泊中停止了呼吸,他只想用曾经和赛林紧紧地牵着的手阻止她生命之河的流失。

突然间,忱子像被敲醒头脑一样,用全身的力量抱起赛林冲出 Disco。

午夜的大街,依然灯火辉煌,人来人往。这个夜晚为什么这样喧闹?

忱子抱着赛林穿过人群,穿过街道。这也是忱子第一次感到奔跑是如此艰难。他无数次设想他抱着赛林幸福地跑着,他不知道累,然而此刻,流着血的赛林如此沉重,她的血快要流尽了,她成了一个躯壳,而她越发沉重。

他的泪水和汗水滴在赛林脸上,热热的。

赛林用身体里的最后一点力气发出微弱的声音,我……不在……

你……你身边,好好……照顾……你……你自己!

她拼命拉着忱子的衣领,挣扎着说,忱,我……我冷,抱紧我!

这时的忱子抱着赛林,像发疯一样向医院跑着,马上就到了,坚持住!

赛林心疼地看着忱子,露出了幸福的笑容说了最后一句话,忱,我不想死,我不想离开你!

赛林躺在忱子怀里,眼里充满了泪水,却没有一丝抱怨与责怪。她轻微地动着嘴唇,那依依不舍的泪水流了满脸。

这时的赛林怎么也发不出声音来,她在颠簸中望着忱子痛哭的脸:就这样,我就这样的离开你了吗?我还年轻,我们的时间还有很长,我还没来得及好好爱你,为什么就已经来不及了?忱子,没有了我,你能照顾好自己吗?我真的不想死,真的不想!如果我死了,还会不会有人像我这样爱你呢?忱……忱?你能听见我的声音吗?我好疼,帮我呼吸,帮我呼吸,忱子!我不甘心,我不想死,我不想拜倒在命运的玩笑里,我不想挣扎在这地狱般的痛苦中。我只想和你在一起,永远陪在你身边。我们可以结婚,过平凡的生活,我可以为你生个孩子,我们的孩子。我靠在你的肩上,永远都像坐在云端,我顺从地跟着你飘荡、飞翔,永远拉着你的手,永远不分开,永远不……

随着那花朵最后一次无力地绽放,赛林松开了忱子的衣领,安静地闭上了眼睛。

深红色的血液流满了赛林的身体,也染红了忱子身上的白纱,仿佛雪中绽放的红梅。

看着赛林闭眼的一刹那,忧子跪倒在地下,拼命地喊着赛林的名字。

忧子把脸贴在赛林的脸上,悲痛欲绝。嘴里喃喃地说,我们说好要一起回家的,为什么扔下我一个人? 赛林,醒醒吧,没有你,我害怕,我不想一个人回家! 我们经历了那么多,为了在一起,我们流过那么多泪,我们拼命争取,我们有勇气战胜邪恶,打败诡计,冲破世俗,却为什么不能战胜命运? 为什么不能跨越生命? 为什么不能终生相守?

哦,会的,我们会的,会好的,都会好的。你不是最喜欢靠着我的肩吗? 你不是想永远都像坐在云端一样吗? 你快起来呀,快起来和我一起去飞,我带你去云端好不好? 你累了吗? 真的累了吗? 你怎么能在这个时候丢下我一个人? 我们说好要一起死的,我说我们一起老死,是你同意的,你怎么能反悔?

忧子将脸紧贴着赛林苍白的脸,在这喧哗的午夜大街,忧子沉痛、凄惨的哭声飘向天空,直到飘散。

忧子,太高了,我不敢跳,我害怕……好吧好吧,我跳,你一定要接着我! 赛林的声音回荡在忧子脑中。他好像又回到了和赛林在一起的童年。

突然,忧子抱着赛林站起身,迈开步伐继续向医院跑去。边跑边说,你不会死的,我一定要让你醒来!

医生从抢救室里走出来,对忧子说,送来的太晚了,伤者因颈动脉破裂,失血过多,错过了抢救的时间,我们已经无能为力了。

忧子冲进了抢救室,用颤抖的双手揭开了盖着赛林的白布。他看到赛林紧紧地闭着双眼,仿佛不忍心和他告别。她安详的面容像睡去一样,没有任何挣扎与痛苦。

赛林,别睡了,我们回家,快醒醒,我们回家吧。忧子摸着赛林冰冷而苍白的脸,跪在她的床边,像个迷失的孩子一样不知所措地流着泪望着赛林。

赛林一动不动,她脸上的伤疤显得那样冷静、寂寞。

宝贝儿,快起来吧,我们去唱歌,去跳舞。你不是想喝酒吗?我陪你喝好不好?你别这么早就睡,你忘了我们要牵着手一起睡的,这样才能走进同一个梦里。说着,忧子靠近赛林,亲吻着她的脸颊、额头和没有颜色的嘴唇。

忧子闭着双眼,紧贴着赛林的脸,他希望在睁开眼睛的时候,一切都变成一场梦,一场虚假的梦。他紧握着赛林的手说,赛林,我们快醒来吧,这个梦太可怕了,我们一起睁开眼睛好不好?

忧子擦拭着泉涌般的泪水,慢慢睁开了眼睛。那一瞬间,忧子的思想像被掏空一样,虚无、空洞,他用力摇着赛林的身体说,我求求你别睡了,赛林,起来吧赛林?我们回家好不好?

汹涌的泪水将忧子的回忆在此时毫不留情地翻阅开来。他带着畏惧而沉痛的心情,从记忆中一路走来。他的脚步声路过赛林摔下的那棵生长茂密的大树;路过在 Passion Club 里与赛林重逢的那一天;路过被杰克报复的那个夜晚;路过他俩第 次接吻时的广场;路过再次相见时的欣喜与感伤,最终走到这让人无法承受的血泪纵横。

忧子疯狂地呼喊着赛林的名字,每一声都那么惨烈,像心脏快要碎

裂一样痛不欲生。可赛林安详的面孔却像死湖一样平静,再也不会被风吹起美丽的波澜。

曾经的笑闹争吵,曾经的相聚离别,还有曾经一同度过的风风雨雨,就这么像断了线的风筝,被自己断送了,今生今世永远也圆不了和赛林结伴共度的梦了。

法院以故意杀人罪和过失杀人罪判决忱子死刑。由于他认罪态度好和被害人王青作恶多端等原因对忱子缓期两年执行。这是他期待的结果。

对忱子来说,缓与不缓没有区别。他一直无法解脱想死的念头,在与赛林重逢的那一刻,他便决定,赛林生,他生,赛林死,他也死。但现在他却没有自杀,并不是他惧怕死亡,或者苟且偷生,而是为了偿还今生欠下赛林的情债。

卓琪悲痛地哭着,为什么会变成这样? 我们到底犯了什么错?

忱子目光呆滞地说,我知道她正在一个地方等着我,可我不能马上去找她,我要让死之前的每一天慢慢地惩罚我、折磨我,一天也不能少,一秒也不能少,这是我欠赛林的。

我必须忍受独自留在世间的痛苦,忍受死亡的灵魂拖着肉体服刑的煎熬。我爱她,所以我不能死,我要在活着的日子里一天又一天地感受到对赛林的忏悔。

你的生命随风飘逝，灰飞烟灭；

我的灵魂失去记忆，无处可寻。

你冷静地超度了生命的真相；

我却在漫长的罪恶红尘中放生。

你的告别是苦役的终结；

我要到上帝那里做一世苦僧。

你在无梦的睡眠里等我；

我在梦魇中万劫不复。

如果，我们在母亲的腹内，

永不出世……

——忧

一年后。

忧子，有人探监。狱警带忧子走出牢房。

忧子拖着沉重的步伐，边走边想：在这个世界上，还会有谁能来看我呢？

这个身材魁梧，戴着银边眼镜，飘逸的头发披在颈部，风度翩翩的男人紧盯着忧子。模糊的视力看着面前的人。

忧子慢慢坐了下来。男人从忧子灰暗无神、呆滞涣散的眼神就可看出他的视力已经极度的减弱，黑皱粗糙的皮肤早已失去曾经白皙稚嫩的光泽,那一头自然的黄色小卷发已被剃光,驼背弯腰。眼前的忧子再没有半点舞台上那光彩照人、魅力四射的潇洒气派了。

忧子,我是雅风呀!

忧子呆呆地站了起来,说,雅风,你回来了?

雅风悲痛地跪倒在地,抱着忧子不放,我到处找你,我不知道你去了哪里,你让我找得好苦啊。

忧子平静地说,雅风,我这个样子,有没有吓着你?

忧子,我一定要救你出去,我不能让你在这里!

不必了,我的心已经死了,在哪里都一样。我的日子也不多了,你能来看我,是我这辈子最后一件快乐的事。

忧子,我求求你别这样折磨自己,你还年轻,你不能这么绝望,死缓可以变成无期,无期可以变成有期,有期还可以减期,只要你好好表现,立功赎罪,我已经和监狱领导谈过,他们说你是特殊情况,并且你认罪态度一直很好,这一年来表现也很好,法律对你这样的年轻人会慎重考虑的,他们没有放弃你,我们大家都没有放弃你。还有赛林,她一直都让你好好照顾自己的呀。只要能让你出来,我不惜一切代价,忧子,要有信心。雅风跪在地上,苦苦求着忧子。

雅风,你猜下辈子我会不会变成你的琴弦?请你在我的墓碑前用你写的葬魂曲为我祭奠,让我的来生再与你和赛林相遇,今生,我们路过得太匆忙了!

忧子,时间到了!狱警喊着。

雅风握着忱子的手,忱子,我会用琴声等着你,不要放弃,什么时候都不要放弃这个信念!

忱子回过头,对着雅风释然一笑,不论何时,当我再听到你的琴声,我一定不会走开,不会走远。

2004 年 8 月于西安

我想对健康的人们说一句：

你们是幸福的，

珍惜你们的生命，

我羡慕你们，

我祝福你们……

———— 珍真

走近珍真：重症少女作家梦

19 岁的西安女孩儿珍真，在不是花季的年龄里还做着花季的梦——当作家。

2004 年 12 月 14 日下午，她居然在钟楼下用双手将"20 万拍卖书稿"的巨幅广告牌高高举过头顶，亭亭玉立地站在冬日灿烂的阳光里，用一双会说话的大眼睛不动声色地向行人叫卖。"20 万"，如同一顶镶着钻石的桂冠映衬着珍真娇媚的面庞，霎时所有目光都聚焦到了她头顶那"20 万"的天价，看着无数双好奇又疑惑的眼睛，争相传阅《午夜天使》洁白的手稿，珍真的脸上收获到了成功的微笑。珍真感到作家的梦，正在变成现实缓缓向她走来，她就是用这样特别的行为婀娜地向社会推销自己，其实这对 19 岁的女孩来说是一种勇气。

第一次见珍真，她穿一身黑色的衣服，沉默又冰冷的表情里隐隐地闪烁着淡淡的忧伤。她长长的睫毛下面闪动着一双充满童话世界的眼睛，白皙的面庞和脖子与黑色强烈的反差告诉我，她就是"午夜天使"的化身。

我无法想象，一个看上去很斯文沉默的女孩，在夜总会风情舞那喧嚣的音乐响起时，竟会在舞台上变成一个疯狂的"舞女"，她那极尽煽情的柔媚舞姿总是把夜总会的狂欢气氛一次次推向高潮。她用自己独特

音色的歌喉,将自己创作的一系列婉约歌曲唱给午夜的都市,让人们透过斑斓的夜色借着微微的酒精慢慢去品味生活,感悟生活,她穿过夜空的歌声总使我想起蔡琴。在夜总会走场子的日子里,舞女,情调歌手,DJ,钢管秀——这些在午夜给都市人带来快乐的人的生活,深深触动着珍真纯真的心灵,从喧嚣的夜总会回到她那寂寞的小屋拿起手中的笔开始了写作,《午夜天使》就这样变成了小说。

16岁那年,珍真的母亲自己出钱在香港给她出版了小说《别哭》,以此来圆珍真的作家梦。当时珍真手捧着自己变成铅字的小说,很是激动了一阵子,接下来的日子珍真离开了渴望读书的学校,身体一直不是很好的她将自己关在屋里开始激情写作,感觉累的时候她就会到夜总会去跳舞唱歌,以此放松自己。花季里的珍真哪里知道热爱文学与作家完全是两回事,我告诉她作协是中国特色的东西,在西方是没有作协这个机构的,当爱好变成职业的时候写作也许会成为一种痛苦,可珍真却说她也许会用生命来写作,而不想将写作当成一种职业,就这样珍真开始了不知疲卷的小说和诗歌的创作。

珍真告诉我,她不喜欢阳光,就是大白天在屋里她也要将窗帘拉上,一个人静静地听音乐,在孤独中寻找属于自己的那份落寞的快乐,这种快乐也许只有她自己才能感受和体味。原本热爱生活憧憬美好未来的珍真,却常常把自己追求的那份向往寄托在她的小说、诗歌和歌曲中,在她的《别哭》和《午夜天使》中我隐约读到了她忧伤的身影。看珍真的小说《别哭》,原本坚强的我在心里对自己说别哭,可还是在不知不觉中泪水潜然而下。

　　一位美丽的女孩儿,从花季满怀着忧伤蹒跚地走进灿烂的雨季,可生活的美好希冀却在她晶莹剔透的泪珠中碎去,她只好用手中的笔精心将破碎的希望和梦想修复。看着珍真钟楼下叫卖作品的身影匆匆消失在茫茫人海中,她的作家梦似乎离她还很远,我默默地祝她一路走好。

　　2004 年 12 月 18 日下午,在珍真的家里,我发现她眼睛红肿着,尽管戴着一副眼镜也无法掩饰她内心深处的伤痛和忧郁。她妈妈告诉我,珍真早在 11 岁时就患了重症——系统性红斑狼疮,从那时候起珍真似乎每天都隐约看到死神在不远的前方向她招手。后来她的孱弱身体每况愈下,原本热爱生活对未来充满梦想的珍真含泪告别了校园,开始了与病魔搏斗的漫长岁月。当我听到"红斑狼疮"这四个骇人听闻的字时,脑子里一片空白,无法将重症和以前我眼里那位能歌善舞活泼热情的姑娘联系在一起,我瞪大了眼睛再次仔细地端详眼前的珍真,她一下变得那么陌生和遥远,一种无可名状的敬佩之情从我的心中油然而生,直到这一刻我才明白珍真为什么要写作,为什么要在钟楼下以 20 万叫卖自己的书稿,也才真正领悟了她说她用生命写作这句话的真正含义了。

　　珍真的妈妈是一位平凡而伟大的母亲,从珍真 11 岁诊断出患有重症"红斑狼疮"后,她放弃了离异后的爱情,将全部心血乃至整个生命都倾注到了珍真的身上,她用柔弱的肩膀扛起了所有的不幸和繁重的生活压力,她一个月只有千元左右的收入,可她宁愿不吃不喝也要把钱省下来给珍真看

病买药,因为珍真是她生命的一部分也是她生活的唯一希望和寄托。这些年,她带着珍真先后到北京、东北等很多医院给珍真求医,都是失望而归,现在珍真在她的精心照顾和长期的药物治疗下,表面看上去似乎很健康,然而谁又能想到现在珍真的生命是靠药在延续呢?

2004 年 12 月 19 日上午,珍真在妈妈的陪同下,在西安市德福巷一家咖啡屋举行了一个特别的记者见面会,她真诚地回答了媒体记者关于她"20 万叫卖书稿"的种种质疑,在记者们的再三追问下,珍真的妈妈含泪向媒体透露了珍真早在 11 岁就得了"红斑狼疮"这一惊人的消息,在场所有的人都被珍真与命运顽强抗争的精神深深感动,对珍真这些年来在病中创作的作品开始了新的审视。最后我想以珍真 16 岁那年写的一篇关于她自己心声的文章来结束我的这篇文章!

听妈妈说,我出生在一个阳光明媚的早晨,一称 8 斤重,白白胖胖,是一个健康可爱的孩子。父母视我为掌上明珠,从 7 岁开始,学习手风琴、绘画、英语、舞蹈等,算得上有一个幸福的童年。

在我 11 岁那年,我的父母离异了,就在我和妈妈艰难度日的时候,我突然感到浑身疼痛,发起高烧,最后在一家医院诊断为系统性红斑狼疮,这致命的打击对我和妈妈无疑是雪上加霜。大夫对妈妈说我这种病,目前世界上都无法治愈,只能用激素维持生命,很可能活不到成年,让我不要再上学了。

不能正常上学,不能与同学一起出去活动,身体经常不舒服,不仅我个人如此痛苦，妈妈也愁得整夜失眠，常常在夜深人静时，一个人站在阳台哭泣。为了我，妈妈拒绝了亲朋好友的介绍，决意不嫁人，精心照顾我这个病孩子，长此下去，我想妈妈也一定会病倒的，家里的经济也是无法维持的。反正我的病也治不好，多活一天就多痛苦一天，多连累妈妈一天，因此，我曾经多次想到过自杀。我偷偷拿了妈妈服用的"安定片"，结果被妈妈发现了，妈妈更是伤心万分，抱着我说："傻孩子，你想过没有，你就是妈妈的第二生命，你要是离开了我，我活着还有什么意思。"

我很清楚自己得的是重症，生命随时都可能完结，而我是一个热爱生活、热爱生命、有理想、有追求的女孩儿，我曾为自己制定了人生目标，等我上完了大学，我要当一名新闻记者，为社会的各个阶层去采访、报道，我觉得这样生活才有意义。我想要做的事很多，但是，我却不能拥有这样的权利，我常常感到绝望。妈妈经常的教导使我懂得了人生的意义，不再消沉、绝望。我想，既然来到这个世界上，拥有一次生命，就不能浪费时间，我要在有限的时间里为社会创造有价值的东西，就是我生命的意义。

我想对健康的人们说一句："你们是幸福的，珍惜你的生命，我羡慕你们，我祝福你们，只要拥有生命，幸福对你们永远为时不晚。"

读了珍真的这些心里话，我们除了为不幸的珍真祝福，早点实现她的作家梦之外，还能替她做点什么呢？

（阮班慧　2004－12－18）

约见珍真：陈忠实泪水三次盈满眶

最近，珍真的不幸遭遇牵动着众多读者的心，著名作家、中国作协副主席、陕西省作协主席陈忠实就是其中一个。昨天下午，正在参加陕西省第四届文代会的他，通过本报在陕西宾馆 2 号楼专门约见了身患重症、与疾病顽强抗争的少女珍真。

得知这孩子得的是重症，我当时就想约见她

珍真仰慕陈忠实由来已久，得知陈忠实约见她的消息后非常激动。未料想，一见面却是个冷场。珍真激动得不知说什么好，而陈忠实一见到珍真那么漂亮又那么苍白，一时间竟非常难过。他抿着嘴唇，泪水潮湿了他的眼眶。一个坚强的关中汉子，一个著名的作家，在不幸的珍真面前落下了泪水。陈忠实整整 4 分钟没有说一句话。气氛陷入悲伤中。平定情绪后，陈忠实说："你卖书稿的情况，我从报上看到了，当时没有在意，在得知你身患重症后，就想约见你，因为急着去汉中，所以今天一回来就托记者约你。生命对这个孩子很残酷，我觉得这不光是对一个作者的关注，社会任何一个成员陷入这样一种灾难，都是一个很伤惨的事。不止文学行业，全社会都应来关注这件事。"

现在出书难，尤其对刚创作的人。市场经济运作中，出版社都愿意出当红作家的作品。《"少女作家"钟楼下叫卖书稿》刊出后，我当时想，你这种做法也许会打破当前出版行业的僵局。因为这种打破常规的反常举动，客观上对出版业压力较大。

这不是炒作，因为生命太珍贵

陈忠实直率地说："如果一个正常人像珍真这样叫卖书稿就难免有炒作之嫌，但对珍真这个娃来讲，不能把它看成是炒作，因为生命太珍贵！"他认为，全社会应该理解和包容珍真和她的行为。

"十五六岁开始创作，这不是什么新鲜事。近年来少年作家出书的例子不少。文学创作带有一种天性和敏感，孩子对文学发生兴趣，就像对美术、音乐、计算机方面发生兴趣一样，都是带有先天性的东西。如果珍真是一个正常孩子，慢慢写，将来在文学创作方面应该前途无量，可是……生命对这个孩子太残酷！"

陈忠实说："我第一眼看到媒体报道娃站在钟楼下20万元叫卖书稿的事，以为她不懂出版。出版分稿费付酬和版税付酬，但从这件事可以看到娃娃很自信。出版社出书的原则是不能赔钱，赔钱就没法给编辑发工资了。要理解出版社，想出书的作者、作品与出版社之间的矛盾永远避免不了。"

珍真母亲在一旁讲，担心《午夜天使》写的是都市边缘人的生活，出版社才不出。陈忠实解释写作的题材是不受限制的，不在于写什么，而在于怎么写。哪怕是写妓女生活呢，譬如《茶花女》、《悲惨世界》。他话锋一转，接着说："出版社担心赔钱，卖不动，但对这孩子应该不一样。因为出版社不能只为了利润，对普通人可以那样，但对珍真，即使她水平差，也应该照顾，毕竟，这孩子太特殊了！自尊的珍真说不希望出版社把她当病孩子特殊照顾，希望按正常人的出书标准要求。陈忠实宽慰道："一本书对一个人的鼓舞太大了！一个稿子发了，可能造就一个

大家,如果不发,写作者可能丧气不写了,这就可能埋没一个天才!"

珍真母亲哭着诉说珍真写这部作品花了很多心血,她在身体极度不好的情况下,去迪吧体验生活。写的都是一些活跃在夜间的年轻人的生活,反映他们的酸甜苦辣。讲着讲着,眼泪就下来了,她说:"陈主席,谢谢您!孩子对您非常仰慕!我一定支持孩子,让她好好写!"

陈忠实听罢,难过得低着头,顺手翻阅珍真带去的书稿《爱戒》、《午夜天使》、《忧情诗词》。珍真拿过未完成的《法比奥》,请陈忠实题写一句话。陈忠实沉吟片刻,郑重写下:"壮美的生命之歌——致珍真,陈忠实,2004 年 12 月 20 日。"

保养好精神,抗争生命悲剧

陈忠实说:"这是一个生命的悲剧,我们要立足于对生命的珍爱,而不完全把她当做一个作者。目前我的心愿是争取尽快出版她的作品",他转过身握着珍真的手说:"我被你的勇气感动。"

他转向记者说道,珍真这个年龄写出这么多的作品很了不起,特别是这样的身体状况还写出这些东西,超出了她这个年龄的精神自信和心灵自信。

他对珍真说:"你要保养好精神,抗争生命的悲剧。大家都会来关照你的!"

1000 元钱聊补药费

约见结束时,陈忠实从会客厅返回房间,拿了个信封出来,执意要塞给珍真母亲,他说:"给娃买些药,这是我的心意。"珍真的母亲又感动又难过,眼泪都要下来了,坚决不收。陈忠实将信封塞入她的包里,转身对珍真说:"这是伯伯作为一个从事文学创作的长辈对你的鼓励,你还是要多注意休息,保重身体。把你的《午夜天使》书稿给我留下,我今晚去找一个出版社社长,他也在开文代会,就在这里住着呢!"

陈忠实说:"我会建议出版社尽快审稿,如果思想上文字上没有问题,就请他们特殊处理。即就是有问题,也可以请他们处理改动一下。"说到这里,他感慨地重复着这样一句话:"生命太珍贵了!"

在返回报社的路上,记者打电话给珍真母亲,得知信封里装的是1000元钱。

泪水三次盈满了陈忠实的眼睛

17 时 35 分,陈忠实第一眼看到珍真时,一下子眼睛潮湿了,半天没说一句话。

19 时 08 分,与珍真及珍真母亲真挚相谈了一个半小时,约见结束时,陈忠实起身,看着珍真的母亲,想说什么,却又什么都说不出,心情非常复杂悲伤。珍真母亲在那　瞬间读懂了陈忠实想要表达的一切,她一下子握住了陈忠实的手,两只手紧紧握在了一起,此刻千言万语尽在不言中。陈忠实再一次泪眼模糊。

19 时 21 分,同来的珍真的朋友建议珍真和母亲一起和陈忠实合张影,陈忠实问:"哪位是孩子的父亲?"大家告诉他珍真是单亲家庭,陈忠实顿时停在那里,记者看见,又一次,陈忠实哭了!

(李永利　杜晓英　张宁　曹洁琼　2004 - 12 - 21)

珍真母亲期盼书稿在陕出版

　　珍真母亲昨天相当辛苦,电话铃频响,天南海北的媒体和出版机构纷纷来电采访,晚上陪同珍真应约去陕西宾馆见陈忠实时,又激动又感动,13 年来承担养育珍真生活重荷的她,谈何容易!

　　晚上 9 点钟的时候,记者在报社敲稿子,珍真母亲又打来电话,动情讲述她见过陈忠实的感慨和想法。她说,见完陈忠实从楼里一出来,她和珍真就在车里抱着哭成一团。她非常感谢陈忠实,称其不愧是文坛老前辈,大家风范。

　　正在网上接受《知音》采访的珍真也激动地讲述了她的感受。她说,见到仰慕已久的陈伯伯,觉得他非常慈祥,可亲可敬,他对自己作品的肯定和对她身体的关心,令她非常感动。有这样的文坛老前辈对陕西青年作者的关注和支持,真是非常幸运。本来,已有外省出版社、出版商出高价买她的书稿,但陕西是她的根,她爱古城这片生她养她的土地,别的省出多少钱她都不卖,她要在陕西出她的书,让三秦父老最先看到她的书。

　　至于稿酬,珍真母亲讲,初衷并不是真想要 20 万。之所以标价这么高,是想引起人们的关注,因为人们会纳闷:这女孩写的什么书值 20 万? 他们会好奇,会感兴趣。显然她们的目的已经达到了。现在家里每月收支如下:药费 800 元,她在设计院的退休工资 1100 元,珍真父亲每月给六七百元。"我们就是再缺钱,孩子初衷也只是为出书"!

　　珍真母亲告诉记者,陕西给的稿费不高不要紧,哪怕不给都行,陕西是我们的根,尤其是见过陈忠实之后,外省出版社出价再高,我们也不在那里出!珍真的书就只在陕西出!

（李永利　杜晓英　2004－12－21）

对话珍真：文学是怎样炼成的

身患重疾，用坚强的毅力抗击生命悲情的"少女作家"珍真目前已成为读者关注的焦点。她的人生观、价值观、文学观究竟是什么？她是如何看待昨天和憧憬明天的呢？12月21日上午，记者与珍真及其母亲展开了一次撞击心灵的对话。

村上春树：不存在十全十美的文章，如同不存在彻头彻尾的绝望一样。

文学：成功系于作品能否被认可。

记者：你去钟楼叫卖书稿时有何考虑？

珍真：我的《午夜天使》没有涉及淫秽内容，但没有出版社愿意给我出书，尤其对我的作品给予的"灰暗低沉"四个字刺痛了我。

记者：如果是我，我可能没有这种勇气。你的勇气是怎么来的？

珍真：因为我患红斑狼疮这种重症已这么多年了，我的生命都无法预料，在钟楼下叫卖书稿有什么不敢。

记者：你当时心理上有无恐惧感？

珍真：起初有些紧张，但过了一会儿就没有了。

记者：你为什么要用文学创作这种方式表达自己的心情？

珍真：我从小喜爱文学，我觉得文学是人与人之间最好的沟通方式。因为我患病辍学在家时，没有条件与人用语言去沟通，只有用文学创作来表达自己的心声与情感。

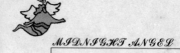

记者：你为何选择了午夜活动这个题材？你笔下的人物他们身上的什么东西打动了你？

珍真：我有一些朋友，我了解他们，他们的某些遭遇和我相似，但我的病情无人知晓。他们虽给人们带来了欢乐，但他们的内心却很痛苦。现在从事迪吧工作的都是年轻人，很多人对他们有误解和偏见。其实，他们是在通过自己的劳动辛苦地工作，但同时也默默地承受着世俗的偏见。

记者：你11岁时患了这种病，为什么在最后的时刻才说出来？

珍真：我希望我的文学创作让公众用平常心去看待，而不希望因我有病而博取世人同情。现在说出来也是迫于无奈。

记者：你文学创作的内驱力是什么？是病情吗？

珍真：环境、遭遇等各种各样因素促成了我走上文学创作的道路，从小就喜欢文学创作，这是我的优势。

记者：人生的不幸对文学创作者来说，既是一场灾难，也是一种财富，你今后还创作吗？

珍真：会的，如果身体状况允许，我还要去体验生活，通过旅游去领略各地的风土人情。

记者：你的《午夜天使》美丽吗？

珍真：我用午夜去衬托他们美好的人格。

记者：他们是天使吗？

珍真：他们会给人带来快乐。

记者：你都喜欢什么样的文学名著？

珍真：外国文学，如但丁、莎士比亚等，因为从小妈妈就让我读外国

文学作品。

记者：你认为自己在什么情况下才算成功?

珍真：现在媒体上亮相,可能是对我精神的评价,而不在事业上,我最终的成功在于自己作品能被读者认可。

海明威：人,并不是生来注定要被打败的,你可以消灭他,可就是不能打败他。

生命：我追求生命的强度。

记者：你和同龄人在一起有压力吗?

珍真：没有。辍学只是那个阶段病重的时候,我的同学朋友都不知道。我也和正常人心态一样。

记者：你有没有男朋友,对于男朋友你有些什么要求?

珍真：首先要对妈妈好,然后再看是否愿意接纳我,不过,我患病这件事必须要给人家说明,同时一定要有共同语言。

现在有许多同龄女孩子把时间放在谈恋爱上,最后恋爱也谈吹了,学业也耽误了,所以我想先让自己强大起来,在人格和物质都独立的情况下再考虑谈恋爱。

记者：你看上去很乐观,你有没有对人生绝望过?

珍真：有,但我尽可能用意志和亲情去抗拒。

记者：那你的这种曾经的绝望是来自身体上的还是心理上的?

珍真：都有。我这个年龄的人,正是展示自己青春风采的时候,而我却不能,我对失去青春而感到绝望,似乎生命已走到了尽头。

记者：那你迟迟不愿说出病症,是否怕别人歧视?

午
/
夜
/
天
/
使

珍真：歧视倒没有，就害怕别人知道我有病而时刻牵挂我、照顾我。这就让我感觉自己真的与别人不一样。

记者：你什么时候开始了解这种病对自己生命的严重威胁？

珍真：刚开始的时候还不是很清楚，但是慢慢通过许多事自己不能做才知道了这种病的严重性，但是对病痛越了解，我也就越能从容对待，而且我学会了把自己的感受用文字来表达。

记者：在脆弱的生命面前，你选择强度还是长度？

珍真：强度。

记者：为什么？

珍真：生命如果不创造价值，活得再长也没有什么意义。

雨果：**比大地更广阔的是海洋，比海洋更广阔的是天空，比天空更广阔的是人的心灵。**

家庭：**虽然经历辛苦依然充满快乐。**

记者：你的父亲什么时候离开你和妈妈？

珍真：在11岁得病时。那时只知道我关节疼，并不知道有这么严重。爸爸妈妈的离异，纯属他们感情上的问题，与我的病情没有一点关系。

珍真的母亲：珍真的爸爸对我和珍真都很好，我们还经常通电话，他人很好，我们的离异只是感情问题。

记者：你与妈妈相守这么多年，你们之间有没有发生过冲突？你有没有过现在孩子普遍存在的青春期叛逆表现？

珍真：有，但很少，在患病期间，由于我当时心情不好而与她发生过

一两次冲突。但妈妈给了我许多鼓励。我并不认为自己是一个不幸的孩子，妈妈给了我这么多的母爱，我很幸福，她也让我变得坚强。小的时候常常在晚上我睡不着的时候，她就给我讲故事、唱歌，在这种亲情中，使我在病中也觉得生活是很美好的。

记者：你是如何看待自己女儿的？

珍真的母亲：在我身上发生的事已经很不幸了，但我觉得我的孩子更不幸。所以我和珍真既是母女，也是朋友，我们常常会对一些问题共同探讨。

我今年也50岁了，我的50年，可以说满含悲剧性，但我的痛苦更直接的只是来自婚姻而已。而我的女儿更不幸，至少我在她这个年龄时，尽管做自己想做的事，可是她就不行。有时孩子也问我她为什么会得这种病？甚至为此有过怨言，她觉得是不是我和他爸爸的基因匹配有问题。但到了现在我们已经平静面对一切了。

当初我和她爸爸离婚时，她正在病中，我常常在夜晚一个人站在阳台上哭，我哭她也跟着哭，我想这样下去怎么行？必须改变态度，必须面对现实积极向上，只有乐观、积极向上的态度才能把病情控制住。经过两年时间的心理调整，我们都变得乐观起来，晚上我搂着她在床上给她讲《钢铁是怎样炼成的》，她长大些懂事了我们还经常一起讨论世界名著，比如《茶花女》、《贝姨》中的人物形象，分析他们的命运。经常在晚饭后，我们母女俩弹琴，我拉手风琴，她弹钢琴。我们一直这样从容地面对人生。她很有音乐、文学天赋。她自学了英语，已经可以和外国人自如交谈。她自学音乐创作，音符经她组合在一起就成了好听的曲子。

　　我的孩子什么都好，就是身体不好，我尽一切能力满足她的愿望，实现她的愿望。为了孩子，我选择了提前内退，然后再到外边去打工。每逢节日和我的生日，女儿都要送给我一个小礼物，像贺卡、口红、鲜花等。我们的生活很快乐，虽然背后有着不幸与辛酸，但我们会勇敢地面对。

　　莎士比亚：黑夜无论怎样悠长，白昼总会到来。

　　精神：一切悄然过去，一切终将永恒。

　　记者：虽然看得出你对待自己的生命很平静，但你的内心真的没有惧怕过死亡吗？

　　珍真：不怕。我想在用尽自己一生的时候，如果我觉得自己要做的事都做完了，那即使静静地躺在病床上等待生命的最后一秒钟，我也不觉得遗憾，也会很坦然。如果自己要做的事情当时却没有勇气去做，那样才会抱着遗憾去面对死亡，这才是十分可怕的。

　　记者：你认为生命的意义在哪里？

　　珍真：应该是创造价值。如果我的生命直到现在还没有价值的话，我一定要在有生之年创造自身价值，实现自己的理想。这也是我在最失落痛苦的时候又能挺过来的原因。而且我也一直对自己说——所有的一切，痛苦悲伤等等都会过去的。

　　　　　　　　　（万鑫　马亮　小珊　晓英　永利　2004－12－22）

关注珍真　热爱生命：
关爱的心是一团燃烧的火

西安的冬天好几年没有下过这么大的雪了！昨天，积雪未化，又一场雪飘然而至。世界在雪的天地里变得无限纯洁和美好！人们在雪里感受真正的冬天的滋味。有一群人，他们踏雪而来，为着一个身患重症而又用生命写作的女孩子珍真！他们寻找并演绎着珍贵的人间真情……

唤醒人心灵深处的美好和关爱

陈忠实　中国作协副主席、陕西省作协主席

我很感动！今天这个座谈会，正如我理解的那样，不仅仅是对一个作者的关注，更是对一个遭受悲剧的生命的关注。这涉及一个社会最基本的主题，那就是关爱人关爱生命！

现在商品经济、金钱、利益、物质享受，对人的精神层面形成了很大的冲击。平时读报，新闻里也暴露了很多人与人之间关系的异变。

我认为，判定一个优秀民族的标准应当是民众的忧患意识。忧患的深处应当是人民的精神层面和心灵层面能保持多少美好和对他人的关爱！

而我们目前所做的，正是在唤醒人的心灵世界最美好的东西！今人欣喜的是在珍真这个事件当中，那么多读者在热切关注着，他们的言语之间充满真诚和热情。我为此感到骄傲！这说明商业、金钱、利润，没有摧毁这个社会的道德良知！

今天的座谈，更使我获得一种信心，那就是对这个时代和社会的道德良知检测的结果，并不让我们感到沮丧！

珍真事件——一块心灵的试金石

肖云儒　陕西省文联副主席

我此刻最强烈的感受是文学从没有这么近的和生命联系在一起，文学回归了本位。在当今文坛上，充斥着太多的宣泄、矫情、情色等伪文化，这些与真正的生命拉开了巨大距离。对于珍真，我们关爱她，不是为了文学，而是为了一个生命。古语讲："文章憎命达"，没有经历风暴，很难抵达生命的大境界。今天来了这么多读者，使我感慨万分，"珍真事件"就像一块心灵的试金石，这个事件当中既呈现着珍真的心灵，也呈现着每一位读者的心灵，包括我的心灵。

这些天看报纸，我一直惊奇珍真追求文学的力源，今天我见到了这个年轻的女孩儿，她身体柔弱，但内心那么有力量。她在钟楼下勇敢地叫卖书稿，不为寻求治疗疾病的赞助，而是为了实现自己当作家出书的人生理想。她 11 岁得病，中途辍学在家，并没有因为有病而庸庸碌碌地活着。

关于书的出版，我建议采取捆绑式。读者既需要读到珍真笔下编织的故事，也需要读到珍真抗争生命悲剧的故事。珍真就用这本书向世界发言！让我们从文字中感受珍真不长的生命历程,是如何浸泡在疾病的苦难和文学的欢乐中。从这个意义上讲,这是真生命的东西。这种昂扬的生命态度,使珍真之为珍真,也使我们这么多人聚集在这里,共同被这个女孩儿感动。

关爱是和谐社会的前提

陈华昌　太白文艺出版社社长兼总编

参加这个座谈会,我又高兴又感动,因为这么多人为了一个身患重症的热爱写作的女孩子,坐到了一起,由此可见社会对这个特殊的作者充满了爱心。

特别是企业、妇联,本和文学出版没有关系,但都来了。正如一首歌中所唱:只要人人都献出一点爱,世界将变成美好的人间。

珍真身患重症,不把病痛放到第一位,而把文学作为第一追求,我们看重的就是这种精神。报社投入这样的力量做这件事,体现了报社和记者的社会良知。

我们出版社将帮助珍真,把书稿修改得更加精彩,让她的书一亮相,大家就都叫一声"好"!

（杜晓英　李永利　2004－12－24）

（以上文字摘自《三秦都市报》）